U0538442

謹以本書

紀念我的泰雅族兄長李後財先生

（Batu Haruit 1950-2025）

我學了四種族語

「族語人類學」與「族語民族學」發凡

謝世忠 著

代自序　族語課堂的前後

　　這「不」是一本正經八百的書。這並「非」一冊族語教科本。這當然屬於一份「遠」距於學術格式之外的出版。以上這三個「不」、「非」、「遠」，預知了閱讀是書的心緒準備，也就是只消輕輕鬆鬆翻閱，然後再稍稍回甘一下即可。當然，本書適合學習族語過程中遇著挫折者參考，也很期待非原住民籍學子，藉由筆者的鼓勵，一起加入擁有族語知識，積極詮釋族語內容，以及發掘族語與文化微妙關係的同好俱樂部。

　　十年前之時，不可能想像得到，竟有這麼一天，得以掌握機會與原住民族族語黏密接觸，也難以圓說為何會寫出如此一本不易歸類上架的書，而它卻也具備又表面嚴肅，又術語有名，又俏皮兩下，更又有著呼喚大家關心什麼大事的樣子。記得 2017 年離開美國奧瑞崗大學（University of Oregon）的一年禮訪教授任務之際，手邊正好完成了《後*認同的污名*的喜淚時代——臺灣原住民前後臺三十年 1987-2017》一書稿本，等著攜帶回國出版。那時認定這應是自己最後的原民議題著作了，於是所有參考書冊資料全數送給旅居波特蘭（Portland）的過去學生，自己空空兩手，頗有引退前的愜意。無料，這些年原

民相關探討課題依舊密集主被動報到，不時又重新回到執筆書寫之路，一直到今日的本書，還在繼續。如此這般，大概唯有緣分一說可以解釋了。自己和原民注定就在一起。

　　但是，再怎麼說，好像也輪不到由我來論說族語吧!?或許是一方面自己常常陷入人類學者與在地語言關係的難解思考，另一方面剛好碰上了喜於學習新語言的興趣，聽到自己服務的學校準備開授原民族語課程，心情簡直興奮到難以形容。這下子有了千載難逢的大好機會，筆者一向毅力超強，也太好面子，所以，一旦決定要做，就非達標不可。雖然那是一下海就是四年的學習計畫，但，喜歡它加上承諾不能不履行，於是，上路了，開始2018年9月啟航的四大族語修課之旅，直至2022年6月。那麼，所稱的「承諾」又是什麼？原來那是首次上課前夕，筆者當著多位學友面前，自誇要跟著在學大學生上課，且務必修滿所有族語課程，並於2025年6月7日生日當天新書發表《我學了四種族語》一書。大多數人類學教授退休後會總結出版一本大部頭民族誌或理論論說文集，但，我不要僅止於此，我要讓自己的生活多樣多態，也亟欲促使人類學多采多姿。七年前就訂了書名，現在成真。

　　上述講的這些，正文裡或會多少再次述說，顯見那是多麼令自己高興的事情，也不吝一直吹噓打書。資深教授重回教

室，想來就趣味十足，也感動多少友親。尤其課堂都是一早，雞鳴起床（筆者住新店安坑高地，深山林內，真的總是有人養雞），趕路塞車，深怕遲到，有如新鮮人般擔心老師罵人。單是這一點，內子就笑了足足四整年。當然不會只有笑，一定跟著緊張，總是早餐匆匆。那是美好的四年，長長的日子，卻也一下子走完。現在路過各個曾經單字一個個跟著老師唸讀的教室，無比想念，也深深感恩。族語老師們是多麼的努力，完全包容這麼一位老學生，真是千百個謝謝也難以表達心情。

特別感謝筆者得意門生之一的泰雅族才女李慧慧（Aho Batu）博士。她始終鼓勵多多，尤其在修習泰雅語的那一陣子，總是以族語寫 e-mail，好讓我練習寫作。又有多次在筆者亟欲表現講幾句泰雅語而族人們卻聽得霧煞煞之際，她都能適時成功救援轉譯，化解尷尬。當然，這些年曾跟不少各族前輩友人請益，大家都慷慨應對，邊笑邊耐心解說我所迷惘之族語問題。突然間多了這麼許多新老師，自覺一下子年輕不少，愛膨風的教授，就自動變得謙遜不已。課堂內外，一直學習，那是超級幸福的時光，當下仍持續浸淫氛圍，拿起族語課本就快樂。

過去半世紀人類學生涯，當然收集儲存典藏大量相關書籍，家裡有小書房，也有大書庫，多係那些專著資料檔案等等。然而，自 2018 年以降，陸續增添的新書，全數都屬族語

相關，還真不少，很快地，竟然進佔人類學老巢，一本本換成了各族語言與文化書冊。人家問，謝教授收集什麼？答曰：「原民族語書刊是也！」這些年，國內努力於撰寫整理教學族語相關專書者眾，中央與多個地方政府也不間斷支持有聲、網路以及一般出版，嘉惠學子甚多，筆者是其一。這些多是課堂基本訓練之後的營養補品，強而有力，也同等令人感念。

「多少可以聽講幾句」的喜悅滋味很難形容。回顧自己那些未有族語知識與技藝之前的原民書寫，真有許多是距離遙遠而不知覺，因為那是建立在「幾乎無法聽講幾句」的懵懂時段裡。如今的新時刻，引來巨大的反思意念，也興起重看重識原民文化的動機。本書有大半章節或與之有關。筆者起個頭，多方想像，期盼引來更多提問討論。那是關於人類學與民族學，以及原住民族學術的學術史回顧和未來發展前景的課題。大家在認識族語之餘，亦能更宏觀地檢視自我學術堅持與研究經驗，從而讓族語本身得以增添滋補要素，繼續取得課堂之外的鼓舞力量。

謝世忠
2025 年 4 月 13 日

族語 E 樂園

「族語 E 樂園」首頁
https://web.klokah.tw/

「空中族語教室」
https://web.klokah.tw/classroom/index.php

拿起族語課本就快樂

目次

代自序　族語課堂的前後　　　　　　　　　　　　　　5
前　言　啟動寫作的先頭語　　　　　　　　　　　　　14

PART I　從「學了族語」至「學到族語」

　　　　原民魅力世紀光景　　　　　　　　　　　　　22
　　　　人類學的語言虛真　　　　　　　　　　　　　26
　　　　翻轉機會搭檔決心　　　　　　　　　　　　　32
　　　　第一年，阿美語試啼　　　　　　　　　　　　47
　　　　第二年，泰雅語接棒　　　　　　　　　　　　69
　　　　第三年，排灣語持續　　　　　　　　　　　　96
　　　　第四年，布農語結業　　　　　　　　　　　116

PART II　「族語人類學」的文化嚮望

　　　　阿美語的簡難體驗　　　　　　　　　　　　140
　　　　　❶ d 很難發音　　　　　　　　　　　　　140
　　　　　❷ mi 與 ma 的雙關鍵動詞詞綴　　　　　142
　　　　　❸ pi 與 sa 的次要動詞詞綴　　　　　　143
　　　　　❹ 動詞＋主語＋受詞的典型直述句句法　145

❺ 以 o 來帶出所特別關注的受詞對象　　　　　　　147

❻ to 與 a 以及 ci 或 ca 與 no 或 ni　　　　　　　148

❼ 人與非人的説詞區辨　　　　　　　　　　　　150

❽ 外來語不在少數　　　　　　　　　　　　　　152

❾ 近海生活詞彙較完整　　　　　　　　　　　　154

❿ 野菜名稱頗多樣　　　　　　　　　　　　　　155

泰雅語的初登踏板　　　　　　　　　　　　　　157

❶ 與眾不同的數字説法　　　　　　　　　　　　157

❷ lokah 與 lawkah 之爭　　　　　　　　　　　　159

❸ cyux 與 nyux 帶頭起句　　　　　　　　　　　161

❹ balay 的萬用　　　　　　　　　　　　　　　162

❺ 母音弱化與字詞縮減　　　　　　　　　　　　163

❻ gaga 的説用場合　　　　　　　　　　　　　165

❼ utux 的終身環伺　　　　　　　　　　　　　167

❽ hoqil 的熟與死　　　　　　　　　　　　　　168

❾ Atayal、'tayal 與 tayan　　　　　　　　　　169

❿ hongu utux 彩虹橋　　　　　　　　　　　　171

排灣語的長句驚豔　　　　　　　　　　　173
　❶ 不見阿美泰雅的格位標記　　　　　173
　❷ dj、lj、tj 音的廣泛使用　　　　　　175
　❸ 疊詞疊到引人畏懼的長字　　　　　176
　❹ 字根的短字原型　　　　　　　　　178
　❺ 總是黏在一起的話語　　　　　　　179
　❻ 詞綴運用的豐富性　　　　　　　　180
　❼ bulabulayan　　　　　　　　　　　182
　❽ kacalisian 的解釋　　　　　　　　　183
　❾ paiwan, sepaiwan 與 penaiwanan 或 penayuanan　185
　❿ 地方分群的語言差異　　　　　　　186
布農語的短促簡潔　　　　　　　　　　　189
　❶ Q 與 H 之別　　　　　　　　　　　189
　❷ 少量的母音對比泰雅母音的弱化　　191
　❸ 形容詞的有無之論　　　　　　　　193
　❹ 媳婦的優位與戒心　　　　　　　　195
　❺ Bunun 與 bunun　　　　　　　　　197

❻ samu 禁忌		199
❼ 害怕與未來之傷		201
❽ 高山大海與花蓮		203
❾ 男女之別		205
❿ 熊與豹的故事		207

PART III 「族語民族學」的亦顯亦隱

「族語民族學」・阿美篇	212
「族語民族學」・泰雅篇	218
「族語民族學」・排灣篇	222
「族語民族學」・布農篇	226

PART IV 翻前閱往的後頭話

臺灣南島語再想像	232
起自族語盤旋而上	251

引用書目	256

前言　啓動寫作的先頭語

　　二十年前,很難想像有一天在數位資料庫中,會有一個「族語 E 樂園」,裡頭有著原住民各族族語的豐沛書寫以及影音知識檔,供人自由下載、閱讀、瀏覽、學習。在臺灣,原民雖是最資深的福爾摩沙主人,數百年來,卻也從未被後進移民及其後人誠懇地認識他們不同於己的語言。換句話說,原民人數少,又全屬非城市化建置或適應的文化傳統,很容易就被類歸「他屬之人」或「異邦之族」。「山地平地化」的二十世紀中葉時刻,正是國家施以同化政策之際,等於是全盤否認原民生活模式的價值,並極力扭轉之,以期有如只要剷平山巒,一切即可飛躍進步。原民的全部既然通通無效,那麼,又怎可能會有人看見其承載千百年之族語的存在?原民語言注定瀕臨瓦解之悲劇,卻能奇蹟式地在 21 世紀的今日,看到中央主導或支持之網路版本的各類教學資料,以及地方政府和民間團體出版的相關書冊文獻,其中桃園市就已有接近百本的紀錄。有愈多見證者引燃其興奮之火,洪聲肯定。此時此刻,的確需要給臺灣豎個大拇指,大家一起努力,給了原民族語振興的希望,接下來的,就是思索如何引君入巢,加入擁護族

語、愛護族語、學會族語,以及聽說讀寫族語的燦爛世界了。

　　當然,大家也都知道,絢麗豐富的「族語 E 樂園」後頭,接著的是族語認證考試。那麼,到底是學語言係為了考試,還是喜歡學族語,而考試只是順便附帶?學會了族語,卻沒有考試認證者,又會如何?上個世紀有人拒絕聯考,那,有無現代勇士天天抱著教材讀寫或者積極回鄉請益前輩,卻也拒絕參加認證考試?有沒有專家學者反對族語認證考試制度,認為此舉反而扼殺語言生命的存續?凡此,筆者所知,通通有人屬於其中之一。也就是,大家正在熱烈議論中。學校,顧名思義就是學習之所在。學生天天上學,目的是學到基本知識以及專業能力。但是,學校生活絕不僅止於此,因為,還有重頭戲:考試!同樣的提問,難道學習就為了考試,還是,學習是唯一目的,而考試僅是過程中的評量項目,不足為奇也不必在意?但是,如果有人只為了拚考試,一切為考試而上學,那怎麼辦?這正是填鴨死背與好學不倦間的差異,各項辯論早已在我們生活世界裡喧鬧久矣。

　　族語的受重視,起於 1980 年代原住民族社會運動揭櫫之原民語言的快速衰亡事實,經過將近二十年努力,政府終於有所回應,及至 2005 年底,正式宣告族語書寫系統的確立。也就是說,爭取了二十年,制度化了又二十載,1980 到今天

整整四十年，一至二個世代之久了。我們看到了多方多面的成效，也欣喜有了不少足供閱覽細讀或欣賞聆聽的族語教材與知識文獻，對於有心於族語的人來說，簡直比看到國家的大樓大館大建設，更具成就滿意的感動。問題又來。到底有多少感動之人？前陣子在花蓮和一位太魯閣族年輕媽媽聊天，提到族語的復興大業。我很感性外加急切的論述，預期獲致正面迴響，不料，她說：「這也要看我們年輕人認不認同啦！族語是傳統，沒有錯，但是，現代生活用不到啊！你叫他們學這學那，還不如好好學英文。像我家小孩，怎可能讓她沒事學什麼族語！」筆者聞之，無言以對。這是高比率原民新生代的看法嗎？看看每年二回的族語認證考試，各個考場人頭攢動，場外場內用功背誦苦讀或者認真寫答案者亦眾，似乎可以稍稍放下擔憂之心。不過，考完之後的族語使用又如何，當是另類掛心之處。在某個新書發表會場合上，一位公務高階主管退休族人前輩公開說，曾邀請族語考試第一名至辦公室嘉勉，自己很高興地以族語開講，哪知這位榜首同學一個字也說不出口。於是這名主管和在場一位主事語言發展的族人長官共同認為原民語言正進入加護或安寧病房階段，只會考試，事實上完全沒用。

　　族語進入歿前的最終病房一說，對筆者而言，應該僅是一種觀點。只是抱持此一觀點的當代原民領袖人數不少罷了。

不過，雖然如此，也有另外的說法。大約十多年前，一位阿美族資深專業文化展演者跟筆者說，「不必擔心，我們部落年輕人，上了國中之後，就自然而然會族語了」。筆者轉知此一說詞給前述「病房論」的幾位前輩，他們都表示未曾聽過此說，也不認為是如此。可是，倘若「病房論」可以成立，那麼，「族語 E 樂園」和各種文書專冊不斷地出版，以及各年齡層人士蜂湧考場，期望取得證書等等情況，不就僅是假象？到底假象是真，還是「病房論」觀點才是事實？現在當然不易取得最後答案，但，有為者亦若是，表現出積極性者不在少數，他們足以對比或抗衡「病房論」的人眾。所以，或許前述優質學生遇見長官說不出口的事情，只是緊張過度罷了，身處官衙場所，哪怕只是要他說說華語，恐怕也是支支吾吾。如僅一、二特例，就斷言安寧病房來了，應該是不足採信的。臺灣推動雙語國家，出現有部分反對人士，一看，幾乎全是英文專業學者。將來人人英語自若，那現在此等英文學者又將有何專屬依靠足以喝采自己？於是，趁此極力阻擋政策潮流，以防自身利益逐漸失落。那麼，族語「病房論」者剛好也都是自身族語呱呱叫的領袖人物，試想，未來大人小孩人人族語通，這些掌權老人家的拿手被人共享了，當然也是緊張得很，趕快趁此貶抑諸多努力向學的小年輕，為的就是保有手中掌握的資源。當

然，此等推論尚需要更多證據，只是對於特定現象的觀察，不由得令人如是思考，也引以為憂。

書寫系統公布二十年了，需要一本學習者的心得報告，讓大家參考，否則努力了半天，收到多少成效，或者說，新文字在那邊，卻沒有如每個人自幼即有可以一字一字慢慢橫豎撇點地練習中文般的學校環境，目前的放任自由學習，下一步如何評估前進，還令人頗感困惑。現在時分，原民學習族語和書寫系統，就和當年母語臺灣臺語家庭的孩子，上學之後才開始學華語以及中文字情形相若，只是，前者籠統開放，後者約束強制。一個人必須被約束強制，學成中文，才有機會往上升學，打下獲得未來社會生活基本條件的基礎。反之，籠統開放的族語學習架構，隨人喜好學或不學，縱使有規範認證通過者可獲較優越資源，但，總是缺乏一種約束強制性的壓力。簡單地說，不會族語者佔有全國九成多的人口，因此，根本不需要受限於不具此一能力就難以生存的情境。相較之下，學習族語與書寫系統，比起學習華語與中文，其難度真是高上許多。凡此，更促動筆者感到現今須有一冊學習心得專書的急切性。這是本書寫作的初衷，也極其盼望更多關心原民語言文化的夥伴，可以同來響應討論。

初衷指的是一開始的念頭，而此一念頭迄今未變。除此之

外,筆者既然出身人類學,總有以之來與初衷共織更大意圖的想法。這份想法主要針對語言與文化之關連,以及語言與族群面向的關係等,它造就了本書的副標題主軸,也構成書主體分成四大部分的第二與第三的這兩個部分。語言與文化關係是人類學的旨趣,而語言與族群面向的交織,則歸屬本書所界定的民族學範疇(詳後說明)。總之,筆者書中的文字,有低年級學生初入新語言世界的呱呱學語樣態,有喜獲成績的領獎般感受,有突發奇想的認知單詞內涵新發現,有不藏孤陋的論斷語言學知識,有遐想南島語的千百年源頭,有人類學者老來的夢幻推斷,有必獲嚴肅批判的結論式觀點,以及其他難以定義的空思靈通等等。接觸原住民族半世紀很有感,如今初識南島族語剛屆七年,也是喜悅多多,尤其讓自己更加成長。

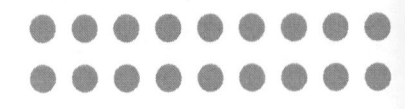

PART I

從「學了族語」 至「學到族語」

學了族語不等於學會了族語，當是一個事實，至少對筆者而言，它就發生於 2018 年秋初一直到今天的時空裡。自接觸之始起，橫跨八個年頭，沒有一日可以與其切割，也就是如此黏上，有事沒事必會自我隨唸個幾字幾句，這是在練習嗎？其實不然，應該是一種與令人驚豔的朋友建立了誠摯情誼，不捨一秒不念舊（或念新）吧！

筆者個性有固執的一面，一旦決心，就拚命三郎，不達標很失面子。預計正式課堂四個學年，應該是巨大工程，想想或許可以，實踐卻不易被看好。不過，回溯起來，時光真的是飛快，沒多大感覺，四個族語已然到手。「到手」當然不是真的到手，只是初學者身分確立，再加上持續有著充沛意志，繼續前進。

這本書是一份老學生的學習過程紀錄，它不像民族誌資料彙編，也不是課堂講義整理，反而更接近於一本為初學犢生打氣的藍本。

原民魅力世紀光景

　　現在日本學界的分類，若在國內進行研究，叫做民俗學，而合格的人類學研究，就必須前往外國。因此，日本和英美專業人類學完全相同，也就是全球各地都有其研究者在進行田野。筆者曾參加國際會議，與四位日本非常年輕的學者同一場次，我的題目是寮國，自以為很人類學異文化的意象了，無料，後來發現他們幾位分別跑的是南蘇丹、瓜地馬拉、象牙海岸以及東帝汶等地區，有些甚至戰亂頻傳或者疾病蔓延。佩服之餘，亦深感人類學之那一份筆墨難形的人文價值。話說回來，筆者提及此事，主要是想到日治時期來臺田野調查的日籍學者們，到底被歸屬民俗學還是人類學？學者們回日本後，不少就在人類學期刊發表論文，顯然他們是人類學者，但，那時臺灣是日本的一部分啊，尤其臺北帝國大學成立以及皇民化政策之後，更是代表臺灣同屬日本本土的象徵，那麼，此時來臺研究，理應是國內民俗學領域吧!?不過，衡量之下，應該是人類學沒錯。理由並非殖民地尚未真正成為國內的一部分，因此可歸算國外，而是日本沒有原住民族（北海道的愛努族是後話，本書不論），所以，文化與體質均在亞洲儒家文明範圍

之外的臺灣原住民族，其對比等差巨大，縱然臺灣已然歸入國內，其「異族」、「異類」的形質，早是具備被外邦探奇的條件了。

由於太過特殊，也深具原始浪漫形象，臺灣原住民的學術探索，自一開始，就是熱門顯學，從總督府到帝大，以及其他學問人士，不間斷地進出近遠部落，三十年間，留下宏量的民族誌資料文獻，其嘉惠學子之效力，一直延續至今。到了1950年代，中國政府在臺灣的統治漸趨穩固，學界也開啟了新頁。這份新頁代表的是以中文書寫原民，取代了過去日文文獻的出版。中文書籍與文章累積超過半世紀，它和前段的日文階段加總超過百年。這是原民被研究的風光時代，懂日文和熟練中文寫作的研究者，分道取材或提筆，原民世界的社會文化模樣，大致已被完整界定、介紹或模型化。欲知原住民族，不怕沒可參考學習的中日文資料與知識。

現在要問的是，日本和中國以及稍後接棒的臺灣研究者，用何種語言與原民被研究者溝通，並能獲取如此龐大的資料？研究者學了或者學會了族語？答案是幾乎不可能，因為，若有知曉族語並能有效對話者，早就被大書特書或者自己有意無意揭示出來了。這種高人百年間絕無僅有。不論日籍或者中臺學者，絕大多數委請專人翻譯，或者田野現場受過新式教育年輕

人，主動協譯那幾位總是被緊抓不放的家中長輩。統治者積極推動國語教育，時日一久，部落裡人人可以聽懂或者講出口，此時，研究更加方便，雙方靠著同一種語言，即可破解文化邏輯，然後寫出長篇大論。我們所閱讀來認識原住民族的文獻，多半就是如此產出過程。

　　學到族語有那麼困難嗎？或者說，難道人們總是提不起學會族語的動機？這些問題的提出，在原民研究百年之後的今日，顯得有點悲涼諷刺。基本上，筆者相信，研究者無論待在田野地多久或者前往多少回，必定可以學到幾字或幾句族語，但是往往就此打住，因為實在太慢，也太艱辛，索性翻譯者來幫忙，一下子就一了百了。這種半知或說丁點知的能力，當然無法對話族人，所以，些微聽懂，可謂裝飾之用，也是一種自己已然融入在地的表徵。有了幾字幾句的能力，適當時候表顯於外，更是添加研究者論說情事可靠之依據。不少論文全文就在闡釋幾個族群部落的單詞，作者們多半認定那是解析文化的關鍵字，只要系統地解讀了該等字詞，一個完整文化體系於乎成焉。族群部落的文化景象，就此定格。那是被研究了之後的定格，縱然族人未曾有主導書寫的跡象，它卻也成了權威，自此即以代表原民的社會文化面貌之姿，獲取國家社會認可。

　　南島系的原住民族對研究者來說，就是異族異文化。它

的「異」,解決了人類學必須探索異文化的古老學科價值,日本學者不擔心會被說只在做較簡單的民俗學,而中國和臺灣研究者以深入群山部落為名,也創造出了一個小小臺灣內部的異邦所在。只是,他們百年來,都是以文明的語文,來建構前現代世界的模樣,而那後者範圍人們日常的脈絡語言,卻在此一過程裡,不佔有地位,或許除了少數單字短句之外。在此一情境下,理論上研究者應該是感覺不到脈絡,也無法掌握語境。回想起學術史的該等問題,著實令人難過。筆者的此番觀察其來有自,當然,其中或許有少許例外,但,那推不倒這項百年千人不知族語的事實。以此作為本書前頭章節的內容,一方面彼此提醒反思,另一方面還有接續討論的作用,幾個章節之後再論。

人類學的語言虛真

筆者專業人類學，數十年來，周邊影響較大之師長學長多位，他們各有成就，也對認識世界各地族群文化之大目標有所貢獻。稍稍回顧其等之研究生涯，當然有許多心服效法之處，惟卻也有部分疑問起心。在拿到博士學位的美國西雅圖華盛頓大學對我最具啟迪的 Charles F. Keyes 教授，是大陸東南亞（或稱陸域東南亞，以期區隔海域東南亞）尤其是泰學研究的一把手。不過，Keyes 教授終生研究泰國東北名為 Isan 的地方，該處區域遼闊，住民母語為隔著湄公河的寮國話，他們是當年英法殖民者硬劃疆界，才被從寮王國割出去者。現今雖然 Isan 屬於泰國，曼谷泰語在學校裡必學，但，平日生活人人還是寮語家常。筆者了解 Keyes 教授泰語精通，但，從不曾知道他的寮語情況。教授住在村子裡，勢必天天聽聞寮語，那，他又如何與人溝通，或者說，又如何知悉母語語境裡的文化因素？我從未與其談到此一問題，而業師已於 2021 年辭世，大概永遠難知答案了。他在五十歲時，開始研究越南北部的泰語系群體，於是就正式學習越語，精神可佩。但，同樣問題又來，稱為 Tai-Dam 黑泰或 Tai-Daeng 紅泰的越北泰語系族群語

言和曼谷泰語並無法溝通,那他在田野地如何參與觀察族語情境?難道是越語的資訊已經足以述說完整的在地文化?

另一位筆者的老師就是指導教授 Stevan Harrell(郝瑞)博士。Harrell 教授被公認是彝族和西南中國少數民族研究專家,惟在那之前,他的博士論文是在臺灣北部三峽農村完成的。在 1960-1970 間的當時,臺灣被視為中國社會文化的實驗室,一方面是中國封閉,無法前往研究,另一方面是共產黨已經大大顛覆傳統中國,因此,當代中國已不是千年標準的中國了。Harrell 教授除了是人類學博士之外,還擁有一個中文碩士學位,因此,他的華語可以聊天,辯論無礙,也能演講。筆者印象在華大唸書六年間,與其對話所用語言華語實不少於英語。我常因此告訴友親,在美讀書幾載,基於使用的頻率,造成中文退步,英文沒進步,臺語全忘了的窘境。話說回來,Harrell 教授縱使華語能力驚人,但,三峽農村清一色全臺語的生活日子,他又如何汲取臺語語境裡的文化精髓?的確,教授偶爾蹦出一、二字臺語單詞,開開玩笑,但,那不能代表就可以順暢於臺語日常世界裡。師生退休後少有聯繫,但,的確很想知道詳情。

同樣是 Harrell 教授指導畢業的 Dru Gladney(杜磊)博士,是我的學長,他專研中國伊斯蘭系統的少數民族,特別是回

族。Gladney 在 2022 年過世之前，一直是加州 Pomona College 的人類學教授。他的華語也是學得頂呱呱，與華人交談對話毫無問題。而且，其博士論文的研究對象是筆者曾稱為「漢語穆斯林」的回族，也就是說，他們是一群信仰伊斯蘭而其族語是漢語的少數民族。再精確地說，這群人沒有特定族語，而是講一般的普通話。只是，一方面各地回族的鄉音很重，單學普通話，在田野地並不足以應對，另一方面，Gladney 教授接續又接觸各有族語的其他穆斯林少數民族如維吾爾、裕固、烏孜別克、哈薩克等等，可以確定的是，這些群體有不少人漢語程度相當有限，而教授也未曾學過各該等族語。如何是好？他專書論文持續出版，只是，仍然引人好奇，到底 Gladney 博士如何與人溝通？

此外，我的一位來自中國的蒙古族同學，自幼在城裡長大，不會族語，但，她的博士論文就是研究蒙古族的族群認同課題。她表示，在內蒙古自治區首府呼和浩特（舊稱歸綏）只剩個位數字百分比的人口為蒙族，而所謂的蒙語學校幾乎形同虛設，家長都送孩子上漢語學校，因此，縱使認同與身分俱在，蒙族人不講蒙語早已司空見慣。問題是，蒙古畢竟是蒙古，再怎麼不接觸蒙語，該族語仍然存在，尤其草原地區的族人都還在日常中使用，那麼，認同與身分難道不是與族語息息相關

嗎？此時研究不講族語的蒙族認同，又當如何說出個道理？

最後輪到自己。當我決定以中國雲南西雙版納的傣族作為博士論文田野研究對象之後，華盛頓大學的指導委員會即要求我至少要修滿二年泰語課程，這是人類學學程基本規範。結果一學，竟然學上了癮，不僅正式修課整整三年，復加上一年請專人一對一教學。當我出發田野時，已具備四年泰語功力，這是極為奢侈的研究前準備，有不少人欽佩之，自己也頗為滿意。到了雲南，首先震撼的是，雲南話的難解以及普通話的不普遍，這點必須慢慢克服，不過，畢竟雲南話也是漢語方言，稍稍習慣就好。第二個震撼是，來到中國極南邊境的西雙版納傣族自治州，才發現自己的曼谷標準泰語和傣族傣語，有著類似泰雅語和太魯閣語般「二者雖相像，卻溝不了通」的問題。這是超級窘的一刻。每番我都努力張大雙眼並放大耳膜來聆聽，無奈泰傣彼此聲調正好相反，常常一開始就弄錯。偶想偷懶講普通話，惟當年已是二十世紀末葉，說該自治州沒半個人會普通話，卻還一點都不誇張。所以，根本貪不了便宜。於是田野期間充滿驚奇，也處處鬧笑話，直到結束。我操用著半泰語半傣語的模樣，實在沒人聽得懂在講什麼。

上述的例子，只是筆者與周邊師長學友的情形，咸信其他人類學社群成員，應該也有不少類似觀察或經驗。大家都遵行

默契或實質規範,用力學好被研究者一方的語言,基本上也都達標了,於是人類學被不少外部人士視為了不起的人文精神實踐。學者們的語言達標受到重視與信任,於是,民族誌文本在其為作者的名下,自然獲得了高位待遇。只是本書揭舉的更細膩事實卻是,一般研究者所學到者,其實都僅是被研究群體所屬國家的類似國語位階語言,或許它也通行國內各地,包含被研究者群體,但是,群體自有在地語言,也常見語言使用優先多為母語而非國語。筆者的一位研究菲律賓山區族群的博士生就多次提及,在部落裡,至少有著三種語言交錯:英語、菲律賓語以及族語。講英語只能獲致三分之一的文化資訊,能操用菲律賓語,又可獲三分之一,但,剩下這三分之一的族語,可能就永遠不知情了,因為研究者不懂此一語言。這只是三等份的單純區辨,而事實上,族人很不喜歡講菲律賓語,因為那有一種被迫說征服者語言的感覺,自身有一種反抗本能,從而抵制之。總之,我們所讀到者,到底是什麼內容際遇的民族誌?此一提問與筆者之族語學習,有著關鍵性的連結,後面會陸續討論到。人類學語言的實在與虛幻,似乎始終纏繞這一個備受尊敬的學科,學者們已然盡了全力了,卻還有上述等等的被質疑,那麼,尚未盡到力的研究者呢?前頭幾節描述日治至今的臺灣原住民研究狀況,或可提醒眾人稍有省思。

筆者印象裡，最早接觸到南島語族知識，當是 1979 年進入臺大考古人類學系碩士班就讀，因非本系畢業出身，必須補修學士班「中國民族誌」一課之際。授課教師芮逸夫教授提及中國各民族語言屬系，其中臺灣「山胞」語言即是南島語族馬來語系福爾摩沙語群。在這一連串詞彙裡，山胞、馬來、以及福爾摩沙等，都是熟悉能詳，唯獨「南島」一詞，實在陌生。大體就只能望字生義，那是南方的島嶼。但是，僅是如此為之，當然不會滿意，於是就繼續翻閱芮教授的大著，看看能否精進自己的南島知識。惟一直到取得碩士，赴美留學，及至返國很長時間裡，其實還是模糊，新增知識有限，這要到大教授學習族語的一刻，才逐漸獲得改善。故事會於後章陸續開展。

翻轉機會搭檔決心

　　筆者專門學過幾種語言，包括大學二、三年級（1974-1976）的德語，以及在美國西雅圖華盛頓大學攻讀人類學博士學位時的曼谷標準泰語，正式課堂三年外加家教一年（1984-1988）。前者德語年少時分，未有持續，現今只能閱讀些許，當然也可簡單幾句口語。後者泰語有著田野調查之需，一口氣四年光景，基礎較佳，一般互動往來與讀寫都還可以。只是，廣泛泰語系的各地方言差異不小，筆者博士論文田野地中國雲南西雙版納傣族自治州的傣語和曼谷泰語縱使七成字彙相似，音調卻南轅北轍，當年在該地村鎮走動，還真是苦惱。不過，熬過來了之後，現在造訪傣泰寮各族國，多少都可聽懂各自的表意。當然，泰語的多年打底，還是它厲害，因此，凡有提及英語以外之外語能力者，首先印上心頭者，必定就是泰語。

　　上述的背景，讓不少人以為謝世忠知曉多種外語，因此，甚至有遇到各類陌生文字的錢幣文件等等者，就跑來問。其實根本不是這麼一回事，自己所知還是有限。不過，筆者一向認為多懂一個語言，就更掌握一個新世界，畢竟，各個人類群體使用語言的同時，就是在創造文化，每一個語言所言說出

來的世界各有千秋,全都深具魅力,也大大吸引著我。一有機會,就跑出學習一個新語言的衝動。當然,也有對自己失望的紀錄,例如,家父受日本教育,日語時不時出現於筆者年輕歲月的家庭生活裡,後來果然也發展出北海道愛努族的社會文化研究興趣,但,就是蹉跎與依賴之故,一直未有正式學習日語文的動機,而它也成了自己與外語四十年關係史上的最大遺憾。另外一例是,多年前應國立交通大學張維安教授之邀,開始投入客家研究,幾番功夫下來,竟也積累了些許成果。然唯獨客語一項,在研究過程中,總是被忽略,光陰似箭的日子裡,就是未能好好學會。現在每當有提及筆者客家成績者,自己就倍感歉意。

相較於前舉之泰傣、愛努和客家,自己於學術名下接觸臺灣原住民族,在時間上實則早了許多。粗略區分,泰傣博班起始,愛努開展於教授資深之際,客家則稍早於北海道田野,至於原住民則學士畢業尚未入碩班之時,就已自認專家了。那是 1970、1980 之交的事情。方便一點的歸納,就是半個世紀憶往,無奈卻是空白一片。「空白」的意思是,都沒學習原民族語就上陣,卻也幾十年未見反思。其他學科專業好友數回公開或私下場合問及:「人類學不是應該學習被研究對象的語言嗎?請問,臺灣有幾人做到?」也就是,做泰雅就泰雅

語通達,研究布農理當布農語專業,到阿美田野多年,自然可以生活談話順暢。每次被問,就多閃避,有如以眾人皆如是,自己不必負責之態度回應。難道其他同行同事也都如此?我不確定,也沒問過,幾十年間亦未曾聽到學界本科友人閒聊此事,當然更不用說會有專論本土人類學與在地原民語言使用的公開會議舉辦了。曾有泰雅語講得很不錯的日本碩班留學生畢業返國之前,留下了臺灣人類學者還「蠻好當的」之語。表面上含糊的話,其意卻是在表達對為何不知族語者,卻是該族學者專家的抗議。「蠻好當」或許就是「蠻好混」的意思。

　　自己的好友歷史學家盧建榮教授也常常問起人類學者使用在地語言的問題,每每提及,筆者總是低頭不語。在圈內工作,課堂裡或講演場上,那「必須以在地或土著族語來認識文化」一語,不時就會被強調。如今,面對詢問,再已難用該套語詞回應,環觀周遭,前輩師長和同輩同行,哪有學到族語流暢而輕鬆進出田野之人呢?自己的情況也好不了多少。低頭不語一方面是不好意思,另一方面則是在想,學族語為何這麼困難?學圈之外的傳教士,以及來自東南亞的家庭看護人員,不是有很多很快將華語甚至臺語學到手的實例嗎?難不成單單學界有障礙?苦惱此事真的是大半輩子了。

　　近十幾年來,臺灣學習原住民各族語言的機會越來越多,

當然是與1996年行政院原住民[族]委員會成立之後，接續而來的各項族語復振政策息息相關，其中包括了最為關鍵之2005年12月15日書寫系統的確立公告，以及各級程度認證制度的建置。人類學的理想是進入社區部落，在自然情境裡學到在地語言，而原民會主導的族語復振學習實體場所，則多設立於部落外之行政治理中心或者都市社區。部份大專院校因應時勢，也紛紛開授課程。無論如何，一個基本的理念，就是期望業已於都會城市裡生活或受教育，並且在語言上快速華語化了的新生代，能有方便管道學到族語。此時此刻，資源已經集中備用，各項機制也任憑選擇採用，一切端看後續造化。

體制內的學校是學習語言的正統管道，就和臺灣學生自國中或甚至小學中年級起，即在就讀學校上外語課程一樣，若於校內修習原住民族族語，想像上年輕學子即有完整的受教機會，可以一步步學到特定語言。例如，原則上一名臺灣學生至少應有七年英語文學習紀錄（自國中至大學一年級），時間不可謂不足。其效益高低固然常見討論，惟無論如何，至少在完整而全面的意涵上，全民英語教育數據應已達標。正式課程的有無，基本上和國家體制重視與否一事，息息相關。英語有此天賦不疑的機會，那其他語言呢？自己的本土語言呢？

前節提及，筆者在美國西雅圖華盛頓大學唸書時的老師

Professor Charles F. Keyes，是泰國社會文化研究的專家，一口流利泰語，而其常常跟隨夫婿田野四訪的夫人 Ms. Jane Keyes 亦然。他們的泰國籍友人都是半世紀之久的交往。就在教授退休前夕，他有個探究越南境內操用泰語系方言被稱作 Tai Daeng（紅泰）的北方群體計畫，而進行新研究課題的第一件事，就是親身至大學開授之越語文課堂聽課，而且極為投入，周遭人等聞之，無不豎起大拇指，真是活到老學到老。如此兩年後，他才出發越北。這讓筆者想起，自己當年確定要以泰語系之一的傣族為博論對象，包括 Professor Keyes 在內的指導委員們，也是指定至少必須修習泰語文兩年，才能上路。至此，幾可以確定美國人類學教授們訓練學生的基本步驟，無疑就是在地語言的習得。

回到臺灣情境。在筆者學生時期，國語唯一政策橫行多載，講用方言一直是小孩子成長過程中的罪惡，更遑論有機會可以正式課堂學到原住民族族語。**翻轉**此一語言文化生存之逆境，在我們的國家，卻也花上了幾十年的掙扎光景。如今的大量預算加上各類資源的提供，各級政府更是全力推動，原民語言的重振出現了契機。契機在此，端看堅持掌握的力道了。不過，早年的方言被禁，也不能作為因此所以沒能學到族語的藉口，畢竟人類學的理想都強調長期住在地方，並於自然情境中

習得語言。只是，當年縱使有族語課堂，倘若無心於此，也是枉然。

二十年前教育部推動卓越計畫，各大學紛紛提出厚厚計畫書，加入競逐。筆者雖不表樂觀，卻主動提出一個建置臺大東南亞研究體系的計畫，其中包括基礎語言的學習，這些語言有大陸東南亞的泰語、越語、緬語和馬來語，以及島嶼東南亞的印尼語和菲律賓語等等。由於與島嶼區國度均屬南島語族範圍，計畫裡也主張同時學習臺灣原住民語言。無奈堅持尖端研究的學校，外加整體計畫必須奠基於已然具備卓越條件的前提之下，筆者此一基礎扎根計畫，當然過不了關。直到幾經輪轉，臺大近幾年也陸續開設了東南亞語言以及臺灣原住民族語言，前者由日文系規劃管理（臺大有外文學系，此時，似乎東南亞語言不屬於外文，因此找個亞洲語文的系所湊合），後者商請人類學系與語言學研究所合力辦理。只是，此一晚近才見的開課動作，距離他校的先見設置眼光，以及筆者多年前的系統創建意見，已有百里之遙了。

不過，雖然慢了多年，2018 年起開始開設原民語言課程，倒也應予以肯定。校內原民學生團體請願，臺大校方答應一學年二族，上下學期都上同一族語，學分則分開給予。也就是有的學生只修上學期，通過評量，即可拿取三學分。而若未修過

上學期,自認程度不錯,只跑來修下學期,一般是不被允許。開授的語言只限阿美、泰雅、排灣、布農等最大四族,畢竟較小族群在校學生人數極少,總會擔心開課之後乏人問津。筆者看到機會,未經太多思考,立即決定到班上課學習,而且四族族語都要。當時最常跑入腦裡的想法,就是對涉及原住民族研究的人類學者,數十年沒有族語的能力,竟還能學界存活,深感羞愧,然後趕緊補課追上,至少了一份心願,也較對得起原民友親們。當然,其他的學術理由總還有一些,其中就包括對於南島語族與泰語系是否同源之超過半世紀的爭議課題,亟想設法進一步了解。

常常有新聞報導某某外國籍傳教士獲得頒授身分證或榮譽縣市民等等之事蹟。他們多數居住特定教堂數十年甚至一輩子,政府和人民感佩之餘,給予了殊榮認證。這些教會工作者的特色之一,就是華語或包括臺語或原住民族語在內,多能順暢如流。讚譽之詞裡,也必有此等專才之內容。為了神職任務,能夠將在地語言學到精細,的確有其過人之處。我們看到一名外國人,可以流暢講出自己國家語言,總很感敬佩,而對本國人能夠操用熟練他國語言,則必定羨慕不已。臺灣人類學者是本國人,理論上應該熟悉所研究之群體的語言,因此,他應是被佩服或豔羨的候選對象之一,畢竟,至少可以侃侃而談

一種大眾都不知道的語言。然而,臺灣的情形,好像不是這樣,至少筆者身處圈內半世紀,也從未聞哪個師長學長具備此等語言專技而備受肯定者。

人類學的在地語言必須是日常說話的那種,而不是只會讀寫而聽講不及格,就如同過去國人學英文的結局下場。於是,筆者的上課族語,當然是期盼日後可以在部落社區裡和族人輕鬆交談,達到發現日常生活文化的學術目標。只是這份自認單純的心情,一下子就遇上挑戰。因為,族語認證早已成了既定政策,而且有越來越多的實務,與其黏貼一起。尤其是學生升高中以及考大學都有列出通過初級或中級認證的必要條件,現在包括公務人員特種考試也有規範。原民小孩人人學族語的下一步就是通過認證考試,如此才能獲致更多加分,以期取得入學或進到較好學校的資格。族語認證的設置是為確保基本的語言能力,考過人數越多,理論上即代表族人的族語能力更為精進。隨著時間前走,考試次數愈多,就直接告示通過者人數更眾,於是,大家也更形安心,畢竟族語復振得到成長了。

然而,經過不算短時間的演化之後,依筆者的觀察,現在的族人社會裡,族語通過認證和傳統族語高手似乎成了二個不多往來的群體。通過認證者絕大多數就是初級和中級,他們是幼年至青年階段,華語早就是通用語。為了升學任職的需

要,只能想方設法通過考試。的確,坊間有不少族語教學班別就只強調取得證書為目標。至於傳統族語高手們,多屬中老年人,他們是國府同化政策壓力下的碩果僅存者,因緣際會躲掉了忘卻母語的命運。這些長者缺乏機會或意願習得原民會頒布的書寫系統,於是就變成了說講精通,寫字不會,多數人就從未參加族語認證,然而在全族語的情境中,他們總是佼佼者。而通過認證的小年青們,反而極少見於這類場合現身。前文談及長官與得獎者族語零互動的例子,此時,前者等同於那批「口語派」聽講長老,而後者則屬書寫初步考試拿手的「認證派」。

筆者一邊學習族語,另外自然而然的研究者本性,總會看到或想及原民社群與各個族語間關係的變化。前述「口語」與「認證」老幼二大群成員,筆者都不乏熟悉者,雙方也都有對彼此的評論,其中學歷主義的證書屬於表面虛無之說、長者不必要參與認證的辯解、以及獲有最高級等者根本不是部落裡的最強等等論調,總是最為普遍。也就是說,認證制度似乎成了族語學習與族人自然講用母語間的隔閡之牆。筆者愈是繼續學習,就愈發現此一問題越來越明顯。

「永遠只是初或中級,根本聽講都不行」。這是一個常聽到的部落評論。相對的,都會區的族人則比較肯定小孩通過

認證的紀錄，畢竟大多族語認證學習班都設於都市地區，有否好成績，也成了話題。每次認證考試，均可看到一群群特定學習班的師生一起現身，老師一再提醒考前重點，學生也緊張地聆聽。父母兄長陪考者亦不在少，同樣叮嚀有三。有了認證成績，才是確保下一步的前提，小孩的未來似乎全靠在此一舉。認證考試是一個脈絡場域，而部落之自然話語情境，又是另一個。兩者的脈絡範疇不必然需要交集，也的確少有交流。不過，這還是一個正在發展的過程，因為認證制度上路不是太久，未來仍有可觀的前景。

部落裡其實多半也是華語當道。待在麵攤裡半天，聽一聽族人用餐或前來聊天的用語，當然有族語，但，常見者多僅是特定詞彙，而長句連串則必是華語。族人知道筆者也參加族語認證，偶會聊起小孩過了某一層級的好消息。有時，考試落榜者多數是中高級以上級數，會稍稍抱怨此一認證制度。她們最常說的就是，「自己母語流利，為何一定要規定寫文字？文字很難，因為自己英文不好，而英文程度佳者，才可能考過」。

想像中，族語得以習得，然後在部落社區輕鬆對話，就如同古典民族誌文本作者之田野生活，所給人之理想印象一斑。自 2018 年 12 月起至今，筆者一共參加了阿美初級、阿美中級、泰雅初級、泰雅中級、排灣中級、布農中級 2 次、

阿美中高級 2 回、泰雅中高級以及排灣中高級等，一共 11 次（另有一次阿美中高報了名，考前才發現未完成報名程序，只能放棄）。好像認證考試變成主流了。每每想到前文提到「認證派」的族語開不了口一事，就頗為沮喪。筆者一輩子都處在制式教育環境下，因此，任何學習都在校內，此回族語上課也是其一。既然是校內課堂，考試當然必備，而族語認證就是考試，這些都是自己所熟悉的事物，一做再做，來來回回設於各校的試場，自是非常習慣。但是，它和自然語言操用的想像，卻漸行漸遠。

考試考了 11 回合，等於是年年考，而且幾個月就來一次。次數雖多，但，考場多在筆者報名縣市附近的四所學校，剛好大學、高中、國中、國小各一，轉來轉去，各校竟也走熟了。基本上，考場次序很嚴謹。考前十分鐘考生魚貫入場，個人用品必須放置於考場前面，只有准考證和必要的用筆才能帶至考桌前。原則上左鄰右舍距離頗遠，而且各考不同的語別。如此安排據信可以阻卻作弊。初級考試多見幼年學童，筆者照樣和他們列隊接受指令進出考場。有一次辦考單位特別禮遇小學生和非原住民籍考生，他們考完後，可以前往某處領取紀念品。筆者合乎條件，也跟著排隊等賞。二十來歲的給賞者頭壓低低坐著，慣性地一個個發出，畢竟小孩個頭不高，剛好餘光可以

看到臉龐。不料，下一位突然只見圓滾腹腰突出，少年仔驚覺而仰頭，筆者是也！大概從未想過會有年紀如此資深的考生吧。

　　考試時間初級和中級都在一小時內解決，中高級以上則需要較多時間。大家都認為，中高級是一個門檻。也就是說，初級和中級的難度其實很接近，就是頗簡單的意思。而更上一級的中高級，開始有寫作考項，考生聽耳機話語，再用筆寫下，或者有問有答。常見的情況就是，機器的說話早完畢了，考生卻還在努力記住第一或第二個字，使得後面連串詞彙都沒聽到。聽寫於是成了難題，它的艱難程度僅次於看圖說故事。看圖說故事各級考試都有，只是圖上的人事時地物複雜程度有別而已。不少考生都說那段考試時間，就傻傻呆坐，不知如何是好。有的族語老師建議，不論圖畫是什麼，就先自我介紹，說說為何學族語，如此，至少會有分數。筆者則想到一招，就事前先背好一段文字，不管什麼圖像主題，如動物、郊遊、探親、生病或者賞月等等，只管給他唸出來就是了。不過，此等妙招雖俏，一旦坐在電腦考桌前，題目一出現，卻通通起不了作用。也就是，先前背誦的話，因為不合於圖畫內容，所以根本搬不出來。還是只能從零開始，慢慢吐露金言。因為慢，扣分也就加劇了。另外，筆者也曾以真的訊息來應答，譬如，問到家庭，就一五一十答曰，從父母說到每一同胞姐弟妹成員事

蹟，但，效果也不佳，主因仍是時間逼在後，很難慢慢述說。最後，一個成功基礎仍是，先要背得了更多單詞，之後冷靜地將場景切四大塊，再逐一介紹各塊區的內容。如此，當可各個擊破，至少拿得到些許分數。

　　前面提到，有過認證考試經驗的人，都知道圈內流傳說，中高級是一個指標。也就是初級與中級其實差不了多少，或說，都很好作答，而自中高級起，一跳千里，變得難度大增，非常難考。筆者身在其中，頗有同感。學了四種族語，一一過關初中級（其中排灣直接報考中級，布農則中級考了二回），下一步就是中高了。有人建議去上特別開授的中高級補習班，筆者時間沒能配合，所以，就是自己唸書準備了。按照學習先後順序，在連續的年份裡，一路報考阿美中高、泰雅中高以及排灣中高，分數分別是：46 分、60 分、54 分。規定 60 分及格，泰雅語剛好 60 分，但是成績單上寫著「不通過」，理由是其中的聽寫項目差了 1 分，申請複查，很快寄回，當然是複查無誤了。平均 54 分的成績，等於是接近合格底線，多人齊表安慰，惟仍非常不甘。於是下一波的報考行動即將啟動，就是一定要拿到中高級。

　　在乎取得認證，似乎是個人的性格使然，一張證書至少形式上已然代表某種能力，也可以增添自身的履歷內容，筆者

樂此不疲。然而,朋友間不時出聲考試不具意義,能聽能講,才是真的等等之意見者,聽聞之際,若有在現場,即很想直接族語開講,以實力回應對方。只是,通常總是那幾句不具傳統意涵的問候話,哪怕背寫了多少新詞,證書一疊在旁,就是跑不出口。果然真的是如此魔咒結局。語言要能直接使用,到底應該如何做才好?筆者的作為仍是繼續讀唸,再接再勵往高等級數考試。有用嗎?有的!個人經驗是,越厲害就越能說出口,讀到精煉,總有自然流露的一天。

其實考照一事還牽涉到不少附帶效應。例如,有的縣市政府不斷提高給予原住民個人考取證照者獎勵金,不拿白不拿,領到者開心,筆者沒得受惠,惟至少有友親冰啤酒慶賀。只是,每回我都會半開玩笑抱怨,怎沒頒給非原民考取者?非原民前往考試,不是更應獲得獎勵嗎?不過,對此,少有人正面回應。事實上,依照筆者觀察,此事其實即代表著幾層意涵:其一,幾乎從未有人想過這一點,因為,不可能有人那麼奇怪來考跟己族無關之族語認證;其二,族語推廣之理念基礎,係在於支持「迷妳型民族主義」,也就是一族一語由族人學習擁有並取得認證,然後,越多越好,一切只求得在本族內部發酵;其三,據此,語言文化的維護發展成敗,就完全看每一迷妳民族各憑本事與各自造化了。族語推行或原民語言復振

運動,在此一前提下,不僅根本不可能成為全民運動,也難以用原住民族文化運動來涵蓋,因為,它的核心關注範圍實在太小,僅侷限於迷妳部落民族之內才有意義。至於跨族群語言的推廣,以及學習他族語言,甚至鼓勵平地人廣泛來學族語等之作為,則完全闕如。執政施政一方,明顯地並未看清楚此一問題,他們抱著極高的道德意識,編列豐沛預算,認證考試繼續考,對象單一的獎勵金持續發出,「迷妳型民族主義」於焉成形。而那些個位數字外人前來學習族語,只會引來問號而已,秉持「我族唯一我語」念頭的眾人,對於該等「怪人」舉措,終究都想不出個道理來。

第一年，阿美語試啼

　　2018年9月新學期，臺大開始開授原住民族語言，首波有阿美和排灣二種。我在之前半年間，聽聞此事，興致勃勃，很想去上課學習，畢竟，這是學校破天荒第一次，縱然比起其他外國語文，已經晚了好幾個十年。只是，越接近正式時間，越感到焦慮。去或不去，兩相交戰，自己一個「大教授」，有可能撐一整個學期和小朋友學生一起？而且一聽下去就不得停（按，筆者當學生數十年，自小學起至博士班畢業，百分百全勤。既擁有此一輝煌紀錄，當然不願被自己打破），壓力超大。但是，回憶過去半世紀，多少包括自己在內之人類學界號稱原住民專家，卻離必須學會當地語言之學科天律，不知有多遙遠，再加上幾次正式非正式場合，更有包含來校攻讀碩士學位之日本學生在內的評論者，直接批判臺灣人類學者在此一準則上的不合格。罪恥感上身，於是，下定決心了。

　　那麼，學阿美還是排灣？二者都全然不是為了要研究他們，目前的一股衝勁，就是學原民語言，哪一族都可。不過，遇到了抉擇時刻，卻立即三思。三思什麼呢？第一思，早早聽說阿美語較好學，只有字彙八百多，背誦好了就可通行。第二

思，自己泰雅族學生李慧慧同學除了博士論文研究阿美族，她也曾在他校正式上過該族族語課，於是就想到或有機會可與其練習對話。第三思，排灣語一看外表，就挺嚇人，一個字長到不行，還是先別碰。就此，定案了。人類學通則是要研究 A 群體，就學 A 語言。而筆者過去完全沒有研究阿美族的打算，當前就只是感興趣族語或說一團旺盛熱度，然後，自己告訴自己，學一個語言等於認識一個新世界，很棒！的確，過去學過德語和泰語，還真的有此心得，而且終身受用。

　　9 月 13 日第一次上課，我準時在教室。CYM 是老師，一來就是阿美式詼諧，「海嘯要學阿美語」（還是要學阿美語），很感熟悉。中午人類學系系主任邀宴阿美和排灣二位族語老師，我和其他幾位教師同仁都參加。餐敘中，CYM 老師確定我可以旁聽，直說壓力很大。哈！他正在他校攻讀博士學位，還是學生，所以，常常一早到教室，老牌字號學生與青年才俊老師，相互道說「老師好！」。記得在系主任的邀宴上，我有公開說聽課目的是很想多知道些到底學界辯論許久之泰語系和南島語族是否同源的問題（按，過去一向認為泰語系屬於漢藏語族的一支，中國學者尤其主張之，惟美國部分語言學家則偏向走海洋相關聯的理論）。畢竟，我學過泰語多年，而今有機會接觸南島語，想必有機會可以沾沾大學問辯證的邊邊。

整個學期學習狀況很好,筆者其實是拚命在唸,也很享受自己終於有機會學到一種原住民南島語系語言。將來還要繼續學泰雅或更多。「想想有一天阿美、泰雅、布農及排灣等語都學會了,可以寫一本《我學了四種族語》,那真是太棒了呀!哈!」9月13日的學習日誌上,的確是這樣寫的。

　　我只有一次去寮國田野研究,以及一次醫院體檢不得已請假之外,其餘都準時上下課,準點交作業,也參加考試。班上學生有一半平時很少見著,人類學系阿美族學生算是大宗修課對象,惟上了許久的課,彼此卻還頗為陌生。CYM對學生太好,少有較嚴厲之指導語詞,我曾建議他可以嚴格些,例如堂堂點名。後來他的確開始點名,但,學生若晚晚接近中午課程結束才進教室門,那算有來沒來?CYM老師改成9:30,也就是開始上課之後15分鐘點名,遲到者自己負責。不過,我不好太常表達應如何上課的意見,一切尊重教師。CYM老師唯一缺點就是有點粗心,例如ppt常常出現錯字,期末考卷選擇題題號每題都有誤,他自己發現,要學生修正,惟等他過幾日上網公告題目,卻還是那份不正確的版本。不過,無礙給分公允,也無損他教學的認真,以及時刻散發出來之對語言文化的珍惜與熱忱。

　　筆者除了教師上課講義之外,也幾乎天天會上「族語E

樂園」，四處逛逛，發現裡頭東西還真不少，看到就試著唸讀聽說，管它懂多少。自己摸索的範圍，超出課堂很多，但，CYM 老師卻說那九階教材（按，九階維持了頗長時間，目前已增至十二階）有很多錯誤。當學生的我們聽到後，深感困難，到底應聽誰的呢？CYM 老師說，有一些秀姑巒系統的人移到其他方言區居住，無形中受影響，現在卻主張要以事實上並非秀姑巒者來代表秀姑巒，部落中異見頗多。阿美語五大方言區，的確有些差距，不過，大致可以聽懂彼此。九階的後幾個高階課文，多為文化內容如祭典儀式等等，真的很難，而前幾階則屬生活會話，初學者讀之，感到較有信心。泰雅族博士李慧慧跟我說，學前半部，可以一般對話即可，但，我就是想盡量都會，只是背誦了數十回了，還是抓不到訣竅。

開始學不久，很想 show，就各場合亂說，內子常常在早餐前，突然問出吃飯怎麼講，桌子和椅子阿美語是什麼等等，越問越難，連「我今天要去臺大上課」的整句都來，筆者只好勉強應對 tayra kako a minanam i picodadan anini. 也不知道對或錯。但，學到越後期反而越保守，也就是開口興致變低了，最主要是感覺到難度了，只好乖乖一步步學著。有次和幾位原住民高階人士聚餐，其中有三位阿美族，我用阿美語和其中二位說話，但，他們反應冷冷，只說我要考認證，另一位則簡單舉

起拇指，立即轉到別的華語話題。我突然驚覺他們有真的在乎族語嗎？一名非族人學者講出族語，筆者以為對方會驚喜，至少很好奇，但都沒。

學了三個月之後，真的 12 月 8 日參加阿美族語初級認證考試，太緊張，看圖說話根本傻在那兒，事前準備全塞在嘴裡，自認大概過不了吧！翌年 3 月初要公布成績。這下好戲來了，李慧慧博士和她女兒也都報考，我會不會落選唯一？臉上會無光哩！來考者小孩居多，考試加分需要證書，所以，還算踴躍。查一下過去紀錄，初級通過率似乎反而比中級低。筆者推測或許是不願意讓一些隨意混混者通過，因此改卷稍嚴了些，尤其是那幾個必須自己說話答出的非電腦測驗題目。

一個學期過了，趕在阿美語下學期開始上課之前，一來把吳靜蘭《阿美語語法概論》唸完第三遍，而且每一例句都寫抄至少一次，二來就把上學期所有資料再看一回。原本想說九階教材全背起來，但，實在不可能，感嘆歲月不予我，記憶力差了。事實上，這些資料上學期末已經唸過一遍了，但現在看起來，怎會感到頗為陌生？只要有空，唸阿美語成了基本補課補藥，其餘事情好像假裝忘記。自己也都公開表示要學會四種原住民族語言，阿美、泰雅、排灣和布農，然後 70 歲出版《我學了四種族語》一書。人類學者來寫，一定和語言學者寫

很不同，但，到底有多不同？自己也不知，只曉得目標頗為艱難，唯有自我鞭策。

準備上課了，其實心情還頗緊張，畢竟，自己老學生坐在一群年輕人之中，還是會敏感不安，他們如何看我？年紀大了，學習效果會變差嗎？吳靜蘭書中一大堆語言學術語，初次接觸，還真的很難接受，難怪曾有不只一位原民非語言學學者，就很不認同語言學只知什麼詞綴啦，主事焦點啦，受事焦點啦，但卻完全不會日常用語，生活上根本無法使用，有位資深語言學家就常被點名。有次參加一個會議，某位語言學系所主管就以為阿美語的五是 lima，那十就應該就是重疊詞 limalima，我說不是，十是 mo^tep 或 polo'。該次談話是筆者先提到阿美語的疊詞，小孩子 wawa 和眾多小孩 wawawawa 之例時，才引來該學者順勢說南島語的重複用法很重要，接著跑出 limalima。果然，語言學和學會語言是兩回事。

寒假過了，2019 年 2 月 21 日是上課第一天，我 08:58 進教室，只有我一人，9:00 整，CYM 老師進來，說，「不會只有一人上課吧!?」按表是 9:10 上課，我就是按學校規定時間，也想說老師也會如此想。稍後他表示縱使要延慢一點時間上課，也是應在第一堂課規範後再說。後來陸陸續續一共十幾位。這學期重視對話和閱讀文章，還有 500 個單詞。當然希望

半年後真的可以隨時語出驚人。老師說，三次缺課就 out，而且是 9:30 點名，過後不算。上學期常常缺課的一位陳同學，竟還在名單上，但，點名點不到。

當日上課前有詢問老師 noli' 和 li'an（百）的差別，但他好像沒聽懂，反而跑出一個 so'ot（綑綁一束），說也是百，還有 liyer，很少用。只是，他發的講義明明有 li'an 呀！而且九階也常出現 li'an。足見一個族語各地方個人使用的不同字詞真是有趣，說是南轅北轍也不為過，而設若遇上了一個「正統」堅持的人，那他幾乎就會完全否定另一用詞。CYM 老師說，這學期上完，就能讀懂吳靜蘭的書，可以去買。殊不知我早已半懂半模糊地讀過三遍了。

筆者曾告訴好友說，阿美語就是聽起來 ko ko ko，to to to，no no no，a a a 的，因為通常名詞前都加 ko，叫做主事焦點。屬格的用法就是 A no B，意即 B 的 A，而受詞之前往往有一 to，以及形容詞與名詞間或者二個動詞間有一 a。該學期筆者曾造訪一家阿美族人經營的西式簡餐廳。在場有一位族人大哥一直驚訝我的阿美語。他說，「阿美有北勢中勢南勢，他們是中勢」。他是玉里人，我說阿美語稱 Posko，他嚇一跳，怎都知道。其實我學不到半年，實力還很弱，只能說感謝族人多半很願意慷慨地稱讚外人。

不久，3月11日族語認證考試放榜，李慧慧博士85分，其令嬡李郁旻同學87分，她們都考泰雅語中級。我阿美語初極82分，小漏氣。果然第一部分看圖說故事才22分，該部分至少必須15分。看圖說故事真的不容易，我就在想，縱使是講英文甚至中文，即席說出，也不是簡單事情。

　　該學期的3月14日和上周3月7日，連兩次阿美語課上，CYM老師要大家依照課文的句法改寫文章，然後找同學唸出自己的創作，再由另一位翻譯成中文。到我時，老師就說，「老師的一定很精彩，所有同學都注意聽」。第一次我改寫自己為Puyuma卑南族部落人，第二次用 kolociw, cinamalay, faso, hitoki（腳踏車、火車、公車、飛機）等四種交通工具，來表達很快、很慢或很大等等狀態。上課頗有趣，但也很累，我說patay to（要死了！），老師大笑。

　　再下一週3月21日上課時，CYM老師提到花蓮阿美族自稱Pangcah的由來。他說就是閩南語pan-na，番仔，或容易受騙的人之意。我很懷疑。我覺得是fangcal（很好）的音轉。漢人接觸到阿美族，總是聽到fangcal或fangcalay，於是就以此稱之，族人自己也接受。這種情形在族群初逢遇的例子中很常見。當然，真否如此，尚待考證。當日CYM老師第一進到教室，我第二。結果那天一大半學生沒來，他說，是原住民節嗎？怎麼

剛好原民都缺席？學生們不來就不來，從不請假，老師頗見仁慈，隨堂考試也考得很簡單，然後發回給學生自己改。

前幾天搭到一部計程車，司機來自玉里，說自己弟弟講不到二句話，人家就噴飯，我立即想到是愛說笑的阿美族。我就問他會否阿美語，他說會，我隨即講幾句，讓他大為驚訝。他說，自己後母是阿美族，弟弟為後母所生。他知道安通是 Angcoh，而 Posko（玉里）是大橋上那個大石頭，現搬走了。有趣的搭乘。

CYM 老師常說，秀姑巒阿美人到他處居住，受別人影響，無形中講對方口音卻不自知。修課當時「空中族語教室」阿美語只有海岸和南勢等二群教材，海岸接近秀姑巒，筆者就看海岸的教學資料。要接觸動態教學，當然就需要上線看影片，惟那卻是海岸口音。偏偏影片教學老師教得很好，自然就想去看，無形中就受影響。後來自己也覺得無所謂了，此等感覺和遷居他處族人習得口音一事是否很像？海岸方言的「他／cingra」和張老師教的一樣，而九階教室卻都是講 ciira。我提問過老師，他搖搖頭，繼續 cingra。另外，像桃園大溪大漢溪旁邊有三個聚落，分別來自花東各個阿美部落，口音各異，卻可安然。所以，分那麼多個方言，大概就是為爭得正確正統，但那僅是口號式的要求，實際景況卻是大家都能混住一起，阿

美語稱之 tawtaw 或 sasolot。

　　記得 3 月 28 日上課進教室時，我對 CYM 老師說 maratar（早）。他說，一般不會這樣說，只會說 nga'ay ho（你好）。maratar 是你怎麼那麼早之意思，若是問安，反而比較會說 maranam，跟吃早餐一樣意思。有點類似福佬臺灣人的 cia pa bue（吃飽沒）。有些字詞很有意思，像百香果，小時候聽人講野生的稱為「時鐘果」，這個稱名納悶了幾十年，因為長得和時鐘很不像。不過，阿美語和卑南語都稱百香果為 tokiso，即時鐘果之意思（秀姑巒還有另稱 payayoka）。學習過程中，筆者到處跟人說想接續阿美語學泰雅、排灣和布農等語，四種語言各有初級、中級、中高級、高級和優級等五階，一共二十級，一年考一級，共需二十年，我已經垂老到天荒地脊之處了。不過，可以寫出一本書，仍是一個眼前且宏大的目標，因此，至少四種的中級都通過了，就可開始動筆。

　　自此，每次搭火車前往花東，就會特別留意聽到站時的阿美語播音，幾番下來，終於至少聽出了 kita salikaka, makapah i to ko Kalingko（各位兄弟姊妹，歡迎來到花蓮！）。但是，最後一站到臺東則多講一堆，當時沒好好聽清楚。

　　阿美語有不少虛詞或格位標記或嘆詞或襯詞，如 sa, ho, han, ha^ca, i, ka, to, ko, --en, a, hai, haca, caho, 等等。有部分研

究者認為阿美族祭儀典禮呼喊之所謂虛詞，多與呼喚神靈來到相關，而非屬不具意義者，只是，阿美族人平時講話，也常伴隨一堆類似虛詞論調，那它們與神靈也有關嗎？尚待專家解惑。前些時候突然想到，原住民為何喜歡喝沙沙亞飲料，常見他們混米酒喝。阿美語的夜晚叫做 dadaya，幾近同音，很親切。而敵人稱 ada，疼痛為 adada^，也就是所有令人難過的人和事務，都出現於黑漆漆之時，這些稱法似乎是同源頭思維，想來有趣。

　　以前有次看原舞者阿道・巴辣夫的演出，全程阿美族語。想不到，講著講著，跑出 akong（祖父，與福佬臺語的阿公同音）一詞，大家轟然笑出，他則一臉驚愕。當時我也是笑出者之一，但卻對阿道並無顯現出因「誤講」出非族語而致歉表情，印象極為深刻。他是被大家笑聲嚇著了，而非認知自己竟然於必須全程族語的場合，講到其他語言去了。現在自己學阿美語，知道 akong 和 ama 就是平常用的族語，哪怕是外來語，也已經內化成族語了。想到多年前那場景，就感到對阿道很抱歉。當時的眾人，顯然只知其一，不知其二。阿美族最高位階親人，在男性方面，就是 mama／父親，以及 faki／叔伯。以前通稱男性長輩為 faki，女性則是 fayi。因此，宜灣部落文化大師黃貴潮先生（Lifok）就都被尊稱 faki，無論幾歲人，都

如此稱呼。後來與漢人文化大密度涵化，也不得不對比父伯叔姨輩更高之祖父母給予新族稱，於是借來了 akong 與 ama，日久就是真正的阿美語了。

上學期修課的一位張同學說，她很不喜歡原住民語言的羅馬拼音。她認為要會講，很重要，何況這拼音各族有不同系統，很紊亂。不過，阿美語 CYM 老師卻很重視書寫，畢竟這是好不容易建立起來的國家認可新文字系統。張同學的看法是，這只是無根的符號，不是文字。是的，幾千年的演化，南島就是沒有創出文字。筆者曾立願過要探究其是否與生活歷程以及海洋生態文化有關，也或與獵首有關，另可能忙著航海定不下來有關。無論如何，當下終於有了文字，雖然借自西方字母符號，但，那是與統治的漢字中文相對之另一大文明代表，這表示原民不屈從於統治者，而借以另外一大文明要素來與漢字中文文明取得平衡。

學習阿美語接近半年之計，有感覺背記單字快多了，自認或許有一個瓶頸熬過了，千詞表一背再背。過去總聽聞阿美語大概 800 單字，但，其實若加上前後綴字的附著，字數可以翻倍增多，惟若只算詞根，則當然數量就減少。不過，想到以前在部落訪談語言時，就傻傻的以自己中文概念來問單字，例如跑步怎麼講，想必對方一定很掙扎，到底要回詞根 cikay

呢，還是加上中綴的 comikay（跑步中）呢？回什麼，訪問者就記下什麼。想想還真難為了原民朋友們，超過一世紀時間，多少族人總須忍受研究者這種無知無理，卻無心好好學會他們語言的舉止。

有一陣子發覺上課進度遲緩了。像有次上課，明明要考單字，才 20 個，先是有學生討價還價，辯說沒說要考啊！然後老師太仁慈，又帶大家唸過，甚至解釋過一次每一字，花上許多時間，才開始考。這樣半天過去了，而筆者早就超過課堂進度，在「族語 E 樂園」翻轉學習多回了。事實上也必須如此，因為新學年的 9 月要開始學泰雅語，阿美必須在暑假結束前，變得高段些。阿美語只開一年，學生在問，為何沒有第二年，老師表示也很想教，但，需要開授的語言太多，別的族群同學說不定也在等自己的族語開課呢！當時突然想到，若泰雅語開不成，是不是商請 CYM 老師續開阿美二？

CYM 老師每每談及自身部落故事時，都是眉飛色舞，尤其和班上一位隔鄰部落學生聊起來，更是自己很入味。筆者告訴他，前次屏東大學評鑑，有與二位阿美學生講族語，他們很害怕，因為都不會講。此時，CYM 老師突然問我說，那你的族語他們聽得懂嗎？足見他還很懷疑大家的口說能力。的確，教會實務口說並不容易。CYM 老師有次上課前先問我意見，

因為他同時任職的語言發展中心同仁也常自己討論教課訣竅。無論如何，CYM老師並不認為讓學生很會講是重要的。因為，在部落早已不常使用整句了，至多就是幾個字詞穿插於中文對話。我前次在屏大說二句：O maan ko niyaro' no miso？（你的部落是哪一個？）Cima ko ngangan no miso？（你的大名是什麼？）事實上，我還可以說更多哩！CYM老師未免太小看用功的學生了。接近學年結束的時刻，趁上課空檔，筆者問學生們要不要最後一堂邀請老師一起午餐，或者送他一個禮物？大家沒反應，我就說，送禮物好了，我來準備。

學習過程中，曾覺得最難的是，一堆虛詞和連接詞。單是由 maan（什麼，怎麼）演變出來者，就有無數種，sa-maan、mamaan haca'、masamaanay 甚至 masamaamaa: nay 等等，嚇人，根本記不住啊！不過，一般而言，多數單字似乎均能找到要訣，可以快快記住，就希望不要忘得快。另外，表達這裡或那裡的字詞，也是一大串，如 koni, konini, itini, itiyaho, oni 等等，不同字各有其發話者與指涉對象間之距離遠近的意涵，若欲整個了解，或也需要頭疼好幾日。但，學習復經思索之後，還是很感興趣。過去時代不求精準各類邊界範圍，所以，只能籠統地說這裡或那裡，但，這裡的這，或那裡的那，到底確切點在哪兒，大抵只能用語氣或少一個音或多二個音來表意。其實，此類詞字會如此

多，與包括阿美語在內的所有原住民語言一樣，都是庶民語言，沒有修飾，也未經制式規範，大致差不多即可。現在大家爭正統，各講各，各用各，明明不需要規範的時代，都相處無礙，現在開始要規範了，就各個搶唯一。我常跳過秀姑巒去看看海岸的字詞，是有不同，但，可以照樣記起來啊！也通啊！macahiw 和 maselop 都是肚子餓的意思，彼此共用就沒事。

其實，阿美語第二學期上課比較沒那麼有系統，有時說事後 e-mail 給學生們講義，好像也沒收到。最後還有幾課課文，也講不完。筆者當時已經打算暑假到 9 月前，一定要背完千詞表所有單字，還有九階全部讀過寫過，自己已經印出紙本之文化和閱讀文本，也要全數讀寫過，當然，吳靜蘭該書亦然。之後 9 月開始才能專心學習新的泰雅語。這些計畫最終實現了大約一半多一點，雖距理想有差距，但，總是持續學習中。

有陣子超喜歡背單字的，而且全背得住，很有成就感，連揹兒帶的繩子叫 safit、姑婆芋兩個說法 tafarya 和 lawilaw 都學到手。阿美族傳統時代裡，農作物與動植物應用相關之詞彙最多，雖然現在社會已經使用有限，但，讀起來還挺有味道的。

阿美語課程結束之前，筆者已經買了一個臺灣印章和一份小米酒杯禮盒 kopo^ no hafay a epah。同時寫信給同學如下：

各位同學：

　　大家好！很高興這學年可以和各位一起上阿美語，同學們表現優秀，值得讚賞，CYM老師告訴我，臺大同學的用心認真，果然和其他曾教過的學校不同。我自己也學到很多。以前研究原住民課題，都忽略了族語的重要性，而族人們也都很慷慨包容，直接以中文和研究者對話。但，因此使得後者得以省時省力，並不能成為不以族語來認識文化的理由。現在我們有機會學到族語，實在應該感恩。CYM老師年輕有為，願意投入教學，提振族語，令人感佩，我們應該大大予以支持鼓勵。我提議下次上課（6月6日）下課之時（6月13日考試，不適合送禮），我們贈送一份禮物給singsi。我已經買好禮品（一個臺灣模型刻印和一個小米酒杯組），發票如附件。不過，這完全尊重同學們個人意願，參不參與均可。欲參與贈禮者，每位酌收NT$100元，勞煩請集中交給YY同學（謝謝YY幫忙！），其餘款項我來負責。沒有參與贈禮者，也沒關係，我同時會準備一張卡片，屆時在班上傳閱，建議每人都在上頭寫二、三句阿美語（請事先在家裡寫好，到時謄上即可）。謝謝大家，期末順心！

　　　　　　　　　　　　人類學系教授　謝世忠　敬上

整個學年下來，筆者覺得 CYM 老師教得最好的是單字，他可以仔細說明哪幾個單字雖然中文翻譯相同，其內在意義卻指涉不同。例如，sa-kaen 翻譯是菜餚，其實不太正確。sa-kaen 是指路邊喝酒幾盤小菜，而正式食物則應是 kakaenen，一般菜餚才稱 sinafel。不過，他的有些解釋和其他九階資料很不同，譬如 cokoi'（桌子）就只有他用，其他學習書冊上多稱 sapad。最後一次上課，給了老師禮物和卡片，大家合影紀念。那是 2018-2019 在文學院一樓教室的難得回憶。

　　課堂結束了，還是很乖的天天讀阿美語，主要是期望在新學期開始學泰雅語之前，盡全力讀阿美語，然後才能放心好好學新語言。自己當然也擔心學泰雅語一年後，阿美語全忘了。還有，曾學過兩種以上南島語的朋友，提醒我各語會打架，也只能暫時把其中之一丟一邊了。或許不久之後大概不得不把阿美語放一旁。也就是有如此的警惕，才說需要趕緊在 2019 年 9 月 10 日第一堂泰雅語之前，苦讀阿美語。早早就把「族語 E 樂園」可以下載印出的文化教材和讀寫教材都置於手邊，有時間就唸，而會話和其他教案也反覆聽看。一有機會，就隨心講出來。

　　阿美語上了一年後，準備 2020 年 4 月去比利時魯汶大學參加歐洲臺灣研究年會，必須先繳交摘要。當時即擬以 Have

the Indigenes Well-renewed a Hopeful Face? Advocacy of Mother Tongue and Problematic Performances among the Amis Urbanites（原住民已然以新面貌問世？——族語倡議與都市阿美族外顯展演的問題）一文來報名。寫作構想是想探討都市阿美族慶典場合中所見的族語被文字化（包括羅馬拼音和中文拼寫）使用情形，一方面假設那是文化重要象徵之一，另一方面它也是原住民族語成為國家語言多年之後，試圖與大社會對話的嘗試。學了一年阿美語，自認多少已可感受到部分阿美知識理解的方向。以後完成四個族語學習之後的專書《我學了四種族語》，其內容也規劃討論人類學的該四族研究與族人以族語優勢爭取學術話語權的關係。

為了這篇文章，當年 8 月 11 日去了桃園市南興豐年祭，8 月 12 日至 14 日走了一趟花蓮，13 日就先至太巴塱看看（他們 15 日開始 ilisin [豐年祭]），8 月 31 日參加在桃園高鐵站外廣場舉行的桃園市原住民族聯合豐年祭。凡此，都是期望可以收集到更多公共場合阿美語文字化現象的資料。接著 9 月開始新北市的豐年祭，也儘量抽空參加。

南興在大溪交流道附近，旁邊有水圳和永昌埤。頭目主持活動，全程華語，紅布條也全部中文。一個瑞興小孩 Api 告訴筆者說那是他舅公，不會族語。桃園市政府製作的紅色背心

有 Kakitaan（頭目）字樣，給各級頭目穿用。他們自己也製作制服，黑色的，上寫著 Kamoran Ilisin。Kamoran 是當地族人以大榕樹為名稱之。也就是南興是行政名稱，阿美語叫做 Kamoran。有趣的是，垃圾箱上卻寫有多種文字。都市地區非行政區型部落豐年祭所見文字化族語的呈現樣態多是如此。

在花蓮方面，光復車站內有 Nga'ay Ho 和阿美族巴拉告捕魚等字樣，引領訪客認知抵達了原民領域。太巴塱教會上有寫著 Tafalong 教會。店家名為巴嗲麥，中國籍老闆娘說是阿美語商店之意思（按，ti'am 是店，pa-ti'am-ay 則是買賣東西的地方）。她嫁來已近十年，不會族語。街上看得到部分中文拼出阿美語路標的廣告。太巴塱豐年祭場地公告規範，寫著 O Sowal no Tafalong（太巴塱語）。舞台上主題標示太巴塱部落 Ilisin no Tafalong。場地罩幕上掛著一圈族語羅馬拼音和中文拚寫出之詞彙。另一掛幅一整排字，只有 Ilisin 一字為族語。

筆者和三位族人聊到豐年祭的準備事宜。他們說，應該給架設場地的年輕人報酬，他們大熱天工作。平時在部落多務農，田地稻米田在旁，女的則在整理 dongoc（藤心）和 tali^（芋頭）。祭典到了，一家出 1000 元給豐年祭主辦者。太巴塱語言和馬太鞍有差，和玉里老人家講的一樣，但，現在年輕人混了其他如閩南語等，已經很不一樣了。離開聊天，走往祖屋。

祖屋一路標示稱 kakita'an，而到了地點，卻呈現 Kakita:d 的寫法，表示 a 之後拉長長的音。主人家是一位女性，她一直抱怨說政府亂搞，把她家前祖屋告示牌都寫錯，還有，批評我族語講不好，和她兒子一樣，然後就說，要學族語啊！不能不學。總之，截至目前，族語的文字化呈現在太巴塱仍不明顯。

疫情前的桃園市聯合豐年祭 2019 年 8 月 31 日於高鐵站對面廣場舉行，我 9:30 就抵達現場。全景規模龐大，我的任務是四處找族語文字化的情形。Palamit 深根是今年主題，lamit 是根，扎入根，就加一個前詞綴 pa。有一些在衣服上寫族語名字或年齡級名稱，店家以原名為名者不少，吃的攤商更多，但，各區區名就全使用中文。一星期後的 9 月 8 日下午去參加新北市中和區豐年祭，攤位不多，都蘭和鳳林表演團體受邀前來，他們很專業。場上花蓮和臺東源起者，單是 alofo^（情人袋）就兩款不同，筆者當時揹的方形樣式為花蓮的，半月形則屬臺東款式。中和區大標題寫著「歲時祭儀豐年祭」，全用中文。都蘭歌舞表演團體成員說，單是豐年祭臺東和花蓮中部以及南勢地區，就各有不同說法，寫出其一，另二個不悅。乾脆就用豐年祭。個別部落有羅馬拼音拼出者，也有中文族語寫出者，但，帳篷前所寫的社團或地區名稱，全是中文。五股區原住民族發展協進會穿著寫有 Malipahak Kita（我們很快樂）的

T-shirt。攤商也有穿印著「少力嘎嘎」（salikaka ／兄弟姊妹）的衣服。寫著新和部落或新和部落屋 Niyalo'no Sinhe 的二種款式，都有該部落族人穿著，說是後者為舊款。

　　新學期開始泰雅語，雖然和阿美有大差距，自己覺得不會相互打架。但，兩周以來，天天泰雅，的確有時候想起阿美語的某一詞彙，此時，就連最簡單的，也需要花時間回憶，甚至想不起來。所以，決定以每星期六或週日的其中一天為阿美語日，讀讀它，繼續熟悉之。今天突然想到從小聽講的 a po-a lang kang ／阿婆溜掉，傳聞是 1895 年劉永福在日軍圍城臺南時，假冒成一個阿婆，偷偷溜出城。但，為何說 lang kang 呢？lang kang 是閩南語或漢語的用詞嗎？早上讀到阿美語 lamkam，趕快之意，有無可能就是 lang kang 的音轉，或者西拉雅群平埔語言就是如此使用？記得小時要跑離大人眼前，也常講 melaliw，阿美語 milaliw 就是溜掉之意。難道原民語言與逃跑有關的字詞都留在福佬臺灣人生活裡了？lamkam milaliw 趕快逃跑！或者，筆者家族有著平埔血統，生活中留下了部分語言文化的跡象？

　　族語到後來，夢裡也出現。2022 年 2 月 6 日晚上夢到我是大學者，要發表演講，主持人兼評審是黑道大哥，我正要講話，他要求必須使用阿美語，我一愣，只好硬著頭皮講，但，

卻都出口華語。他很不滿意,暗示我沒通過,要重講。這回我真的在夢裡說阿美語,我記得 ira ko(有)⋯⋯出現多次。結果他很滿意,醒來哈哈一大笑。

第二年，泰雅語接棒

阿美語告一個學習段落，2019年9月10日開始新學年學習泰雅語，那是繼續實現筆者四種族語之理想計畫的第二個原住民語言。第一次上課，見到老師，即國小退休校長YSC。數個月前，臺大校方曾先聯繫尖石鄉的一位資深老師，他意願亦濃，惜有次在山林間不甚摔倒，傷到腦勺，一直昏迷不醒。不過，這位老師與師大黃美金教授合寫泰雅語法專書，閱讀該書同樣是向他學習。

YSC老師本是桃園復興後山巴陵人，嫁到宜蘭，也在那邊工作。她和上學期阿美語CYM老師的教法不同，後者就按部就班一次教一部分，或解說幾個單字，大家共同學。而YSC老師則每次均設計一個文化小站，解釋泰雅文化種種，我覺得很好，例如過去總認為Squliq賽考利克和C'oli澤敖利是二個分群，一在桃竹，一在苗栗。但，經她解釋，事實上是苗栗群失去了q的音，又將s讀為c，才變成如此。基本上Squliq和C'oli是同一字。而筆者進一步想，C'oli以大霸尖山為祖源地，是以遠看該山形如同大岩石一般而認之，因為多數族人認知祖先係來自一大岩石。而Squliq則較晚近遷出南投瑞岩，才會將

大岩石迸出人類一事記得牢牢的。苗栗 C'oli 可能已經忘卻瑞岩，後人順著在地視野，而指認大霸尖為祖先岩石代表。

YSC 老師邊講文化，邊說明一個個字彙，一講好幾十個。這對初學首堂課學生來說，當然太多太難，但，我喜歡，因為筆者自己會找「族語 E 樂園」資料對照來看，很有趣。

她要我們自己學習千詞表中的初級 20 字。任由個人自己找 20 字，不像上學年阿美語是大家學習同一批新字彙。於是筆者就決定先學數字和人稱代名詞。不過，單單第一次上課，老師提到的新詞彙就有：

bnahun	財富、土地愈多
ciyoh'	嫁妝、個人財富
lalu maku	自我介紹
qalang maku	我的家鄉
kinholan ta	祖居地
pqwasan ta biru	我們的學校
ihuyan na Tayal	泰雅社會組織
banu	木頭倒下為名
bin-sa-lan	曾經住過的
mrhuw qalang	族長
limuy so la	李妹女孩
mrhuw	族長
trhuw	使之牢固

ssyaqan sinlwan	有趣命名
pasang Tayal	禁忌
pciywawgun ni cinngasal	家人的職業
ngasal	家
tngasal	蓋房子
ngahi	地瓜
tngahi	挖地瓜
gaga na tminun	編織文化
mlikuy ki kneril	男與女
gaga na msqun	婚嫁
betunux Tayal	泰雅之美
sqliqun squliq	嫁給人
tbayux	入贅
sbayux	換工
tbuci	分戶、獨自、個人
tmmyan	醃肉、一件事情拖拖拉拉
qwaw trakis	小米酒
utux bnkis	自己的祖靈
bnkisan	泛指祖先
bnkis	老人家
Utux kayal	上帝
Tayal balay	真正的泰雅人
Tayal squliq	泰雅族人
kahi'	閩南人
Tayal kahi'	閩南人
ke-mukan	客家人

mhuni	負面巫術
hmgup	占卜
ngasal na Tayal	泰雅的家

筆者當然天天拿起猛讀，背熟高興，忘了再看，看了又看，難判夜日。

有天翻看鈔票資料，觀察到印尼紙鈔 5000 元和 50000 元，都有 lima 的字眼，5 和阿美語的 5 稱法一樣，聽說很多南島語也都是 lima，但，唯獨泰雅不是，它是 magal（也有「拿」的意思，如手一般的樣態），差太多。筆者突然想到，會不會有一個 lima 分界點？也就是說，泛 lima 語群屬於同一支，他們是 lima 5 確定之後，後來才又陸續分途散開。而泰雅的 magal 是很古老的，也就是曾有一支脫離 magal 群，雙方千百年完全沒有聯繫，該支移外群體因特定緣故將 5 唸成 lima，而自它再擴散出的群體就都是 lima 了。magal 群等於是一群最古的祖先群體，他們的文化與 lima 群體越差越大。lima 群體基本上就是航海幫，而 magal 群則是高山幫，在文化表現上，後者不知用陶，而前者陶器工藝相當發達。不過，過些時候，再想想這一問題，好像自己推翻上述假設。泰雅語的 50 為 mzimal，這個 zimal 會不會就是 lima 啊!? 也就是一般的

5是lima，而泰雅的zimal是50，顯然同源道理。magal是手拿，lima則也是手的意思，同樣的觀念基礎。看來，箇中課題多重，非常值得持續研究。

另外，筆者也一直在想，那中國四川大小涼山地區的Nosu／彝族父子連名和泰雅的父子連名，會有關係嗎？以前讀過的文獻，有說模式不同，我會再來確認。學泰雅語之後，總覺得這個語言深具神秘性，不知如何去解釋，竟有連續五個子音黏一起的字詞，習慣於必須配有母音才發得出音的人，簡直痛苦不堪。泰雅人來自哪裡呢？山中大岩石？如何可能有此神話？該族沒有海的字彙，今日只能以bsilung（大水塘）來代稱之。那麼，從廣大南島族系航海高強能力角度觀之，識者一定頗為不解，為何一點海洋記憶都沒？

語言的發展好像先是愈來愈複雜，然後又開始變成簡單。華語／國語／普通話就是從複雜的北方土話給予簡單化成了好說好唸好聽的官話，英語源自德語，莎士比亞時代英語和德語差不多，現在則簡化許多，冠詞不再有陰陽中性之分，只剩下the通用。泰雅最古老，所以複雜，例如格位qu特別強調，而現代阿美語比較晚形成，像是處於一慢慢簡化階段。希望我的判斷正確，不會越學越難。YSC老師每隔幾週，就會發給一些新詞彙，越積越多，只能儘量記起來就是了。泰雅語沒有介

係詞，也沒有冠詞，然後形容詞在前在後好像都可，這是初步印象。不過，這份印象似乎錯得離譜，因為，語言學界公認南島語通通沒有形容詞，只有所謂的靜態動詞。這點後面再來討論。總之，泰雅語讓人感覺好似規矩不如阿美語那麼多，比較好學。但，一連五個子音在一起，怎會有這樣的語言？阿美語少數有一些，例如 kohetingay（黑色）會變成 kohtingay，很清楚的是 e 弱化掉了。但基本上還是子音母音搭配出現，很好發音。像泰雅這樣，其實根本不必區分母音子音，都唸在一起就對了。

深具使命感者像 YSC 老師，她感慨現在年輕人不發出喉塞擦音，說出來的話，沒有泰雅感覺，另也說她孫子不想學泰雅語，因為說那是別人不懂的話，沒有意義。但他上學要參加活動，都有文化語言內容，不得不參加，只好認了，多少學一點。YSC 老師也認為若能遵守傳統 gaga，泰雅族一定很棒，可惜今天景象不是如此。筆者立即告訴她，自己對原住民文化語言充滿希望，單是這班上，就有超過 20 人上課學泰雅語，能不感到深獲鼓勵嗎？

隨著時日，愈學泰雅語，就感覺和阿美語言很像，阿美的 wawawawa（很多小孩）重複，泰雅則是 biru（書） 到 bbiru（筆）甚至 bbbiru（很多支筆），而阿美的格位標記 ku，泰

雅成了 qu，只是 ku 比 qu 用的頻率高，泰雅部分支系用語早已省下難發音之 qu 的使用了。

有天上課，中間下課休息，大家睡成一片，只有我一人神采奕奕，YSC 老師說，謝教授精神很好，筆者回說，有興趣，而且學一種語言，就多一個世界，感覺很棒！

瀏覽「族語 E 樂園」時發現，族語的教材是各族一模一樣，也就是說，先給予各族一份中文詞彙，亦即千詞表的單字，大家再依此寫出各自唸法。既然每一族辭彙都一樣，那會不會到後來學習者以為原住民知識都等同啊!?每一族情況原本有大不同，例如有靠山有臨水，有善用動物資源，有精於植物素材，而如今好似不管這些，從而就硬生生要大家一同，這樣不怪麼？我有問過 YSC 老師，她就笑笑不語。阿美語 CYM 老師和泰雅語 YSC 老師都是一開始就說，對於「族語 E 樂園」製作不滿意，批評他們不認真。除了一些誤錄和拼寫打字錯誤之外，到底哪裡不對勁？我的看法是，原住民語言難以統一，因為它未經過制度化過程，現處於正在被制度化的時刻，但，未來會否趨向何一模式，仍未可知。我倒覺得截至目前為止，好像泰雅做得比較好，至少我看了空中族語教室，就感到挺不錯的。另外，值得一提的是，YSC 老師是「族語 E 樂園」各課程中的主要發音人之一，足見其族語功力高超，非常受到重視。

qalang 太魯閣語唸成 alang，想必苗栗也唸成 alang 了，因為 q 的音，已經失去了。當年泰雅與太魯閣分家時，會不會就是從這掉音開始的啊？掉多了，就變成很不一樣了。換句話說，C'oli 和 Squliq 現在差別在於前者沒 q 音，後者強調要 q。但，我也發現，Squliq 也有在掉 q 的情況。所以，有一天會分出二個 identity groups／認同群體，還是反而趨向同一？另外，李慧慧博士幫我取名 Balong，是松柏之意。而巴陵原名 Balung，就是巨木。筆者保留 Balong，因為既然大家都有自己專有者，不一定就要寫成標準的 Balung。事實上，原本沒有文字之語言，正要文字化之困境也在此，各方有所堅持，不過，也常見彈性自如。另一慧慧曾建議的名字 Shian，因為太接近 sham（肥豬肉），我就不考慮了，縱使自己的確體重超量。

有一個周六阿美語日，讀整天，很順暢，結果周日回到泰雅語，卻好似陌生許多。當初真不知道兩種語言會彼此攪局搞亂。其實越學習深入，越感到阿美和泰雅語言真的很像，都是南島語，果然是真的。不過，泰雅的主格標記 qu 多數省略了，而阿美也有省略現象，但大致仍維持，就是 ko。阿美語聽起來 to to ko ko 的，而泰雅語則不僅不會 qu 一直出現，反而像 C'oli 群的 q 早不見了。我問老師說，z 會不會消失？她說 會。qbsuzyan->qbsuyan->qsuyan->suyan（兄姊）。B、z、 q 接續不保。還有，l 轉成 n 也沒救了，我說 magal（5），泰雅朋友聽到沒表情，後來知道我在說 5，才恍然大悟，他們講 magan！另外，我過去常問李慧慧博士，石頭如何說，很多族都是 vatu 或 batu，她說她們是 tunux。但完整的應是 btunux，省去後頭常見的尾詞 nux，就是 btu 了，亦即與 vatu 或 batu 應是同源。

　　上學期期中考時，真的很多字突然想不起來。本來自我介紹要寫說自己天天穿綠色，只因一時想不起綠色怎麼寫，才改成紅色，綠教授一下子變成了紅教授。考完試走回研究室路上，才想起綠色是 mtasiq。這考試，聽寫太簡單，因為都唸一些最簡單者，第一大題聽寫，聽的時候總感覺少一個音，那就是一個字原本該有的母音，獨獨泰雅缺之，難怪總是少一音。

　　筆者 2019 年 11 月 25 日受邀前往北投文物館演講，一位自稱「泰雅公主」的女士在場，她是新竹花園村人，是 C'oli。她在演講會上考我 tmmyan（生肉）唸法，當然難不倒我。最後主持人要我講幾句泰雅語，我就說，mqas saku mita rrangi maki 北投文物館（我很高興在北投文物館見到各位朋友）。還有，smoya saku kneril la, iyat ksmoya saku mlikuy la！當場不好意思翻譯。這位「公主」立刻說，教授喜愛女人，不喜歡男人。全班大笑。

該學期因出國去新加坡和寮國，向老師請了一次假。11/5 考完期中考，下午就出發，所以，11/12 請假。11/17 返國，11/19 回復上課。其實，YSC 老師很少讓學生們開口，有也只是大家一起唸，雖然上課第一天她有表示要儘量和我們說族語。上學年阿美語的 CYM 老師很不同，他會點名問學生。泰雅語課堂既是如此，筆者就儘量自己多和李慧慧博士以及其他泰雅朋友練習講話和寫字了。尤其有 e-mail 機會，就愛現地使用泰雅語，為自己增添練習機會，也頗感溫馨。

　　李壬癸教授有次演講南島語言的傳播，筆者忙著另事而沒去聽，但有看到他的 ppt。李教授舉出一些基本詞彙，但，這些偏偏泰雅和阿美都很不同。例如，豬：bzyok vs. fafoy，五：zmagal vs. lima，甘蔗：birus vs. tefos，狗：hozil vs. waco 等等。只有稻子：pagay vs. panay 是同源無誤。就算「家屋」，馬來是 rumah，阿美是 lomah，同字，但泰雅是 ngasal，完全不同。泰雅與眾不同，太神秘。卑南族林志興博士一直認為泰雅語的子音相連是母音弱化，我以前也這麼認為，但，母音弱化應不至於會如此密接，亦即連續五個子音都是母音弱化而來的嗎？很難置信。例如，mqnzyat（勤勞），總不會本來是 meqenezeyat 吧！？

　　母音是氣流直接灌進肚裡，不受阻礙的發音。泰雅似乎不

太拿手如此發音，反而喜歡以阻斷氣流的子音如 b 或 q 等來發音。此一發音特質的文化相對應特質是什麼？與 gaga（祖訓）和 utux（神靈）的文化建構有關嗎？值得推敲。阻斷似乎正代表著規範壓力。每阻一段，就代表一項規制，連續阻斷，就是連續規制的壓力。gaga 阻斷人們之自由心願與人交往，四處犯規碰壁，有如子音連續，處處阻斷式的發音，直到最後出口，一個母音出現才氣流奔放結束。這有如處處 gaga 規矩，等到一一體現了，宰殺豬隻了，才出現文化壓力出口，一切可以結束了。

在 2019 年之時，本來說每周六是阿美語時間，但，想到 12 月 7 日就要考泰雅認證，這幾周必須多讀點泰雅語，所以就占用了周六阿美時間。不過，翌日早上在研究室準備一份 ppt，完成之後，有臨時補習一下阿美語。一陣子沒碰，的確會想念。

陳其南教授有次講臺灣中心論，主張以福爾摩沙語族取代南島語族。但，我的看法。臺灣中心論的弱點有二，一是臺灣原住民各族沒有人會航海，難道是會航海的都走了，不會的留下？同樣是南島族系，都住在臺灣，為何擁有或不具備航海之技術文化，會有如此大差距？而且那還是遠洋大航海的規制，而非僅是近海沿岸抓抓魚蝦而已。況且，這些遠航者，

走得乾乾淨淨的,等於是海走山留。難不成海與山曾有大對決過?其次,所謂南島同源,指的是本來只有一群人,大家共同語言文化,後來才四處遷出,以致變化多樣。但,臺灣已經是變化多樣的狀態,所以,它不會是最原初者。那最原初者在哪兒?而且演化出臺灣現場如此大差異的各族,也一定花了許多時間,至少也應以數個千年起算。那麼,臺灣原初論還成立嗎?當然,近年考古學者多主張幾乎全臺都有發現之大約 5、6,000 年前的粗繩紋陶大坌坑文化,應是南島語族建置的基石文化,此舉表示學人們共同決定要把南島形成留在島上。大坌坑之後的各區多樣文化表現,就被視作如後來原民各族的不同文化般。此一論點的問題,仍是無法解釋前面所提之海走山留的歷史與當前跡象。

　　泰雅語學了一學期,發覺困難點是連接詞都記不起來,去年阿美語也一樣。某晚就打出一張連接詞表,隨身背誦。有了豐富連接詞在手,造句就容易多了。否則老是轉折處轉不過來,變成一個個獨立句子,也斷了脈絡。這份感慨其實就是,面臨新的語言,的確很難。

　　國立中央大學陳秀琪老師 2019 年 11 月 30 日在臺北市客家會館參加會議,報告一篇泰雅人講客語之原住民式的客語文章,很有意思。她說客家人百香果叫做 tokis,泰雅人稱 tokisu,我

說，toki 本來是由日語轉過來的，是時鐘的意思，早期我們都稱百香果為時鐘果。事實上，泰雅人有自己的百香果稱名叫做 qbulun，而她研究的 C'oli 群體應該是稱作 bulun。她說，彩虹為鬼仔橋，我說 hongngu utux 就是祖靈或神靈橋之意思。總之，可以與語言學者討論，很感興奮。

　　YSC 老師說，千詞表有很多問題，但已經公告了，考試或比賽都只能依它。單單是 30 以上之數字，她所教者，和詞表的羅列，就有很大不同。其實，原民語言匆匆上路教學，的確距離國際語言的標準化系統尚遠，你說我講，常常還在彼此爭論中。不過，多數學習者將就將就，不會苛求。筆者將「族語 E 樂園」裡的「空中族語教室」課文全部印出，逐課閱讀，試圖一一理解文法意涵，覺得進步大。YSC 老師有次提到師大黃美金教授，我問，她會講泰雅語嗎？老師回，一點點。我想，應是不會。但，泰雅專書作者她排第一，跌跤受傷的族人吳新生排第二，應該多半是吳先生的發音功勞吧！

　　YSC 老師若按照自己的教材講課還好，但她幾乎從不給學生機會，每次一發問，就馬上自己回答，這樣其實不知道學生學了多少。她也常常人家發問一半，還沒講完，就急忙忙想回答，而縱使聽完了問題，也常有聽沒到，答非所問。我對黃美金與吳新生書的中文翻譯，無論是直述句還是受事焦點被動

語態,都翻成一樣的中文,頗不以為然,因為如此根本看不出哪個是句子強調之處。例如:

  baq saku biru qasa qu hiya　　我給她那本書
  baqun maku nya qu biru qasa　那本書被我給了她

結果該書全部都翻譯成中文語言邏輯的「我給她那本書」。但,YSC 老師始終不知我想問什麼,就急忙講她的。阿美語的語法書,也有類似問題。會不會所有族語學習書冊都如此?若是這樣,其實我們看半天,都只在學中文,因為,那是中文的邏輯在主導並遽下結論。原民各族從語言特性來觀察宇宙觀構成的機會,可能因此被隱沒不彰。

  有一天上課,YSC 老師就三小時從頭講述千詞表中的幾百個,筆者不甚明白此舉的目的。畢竟,裡頭一大堆我們初學者尚不需要操心的高級班字彙。我問她 yaki(祖母)和 yutas(祖父)之上的曾祖父母怎麼說,她沒回覆,然後馬上講死去為 bnkisan。我並沒問死去的啊,我想知道還在世的曾祖父母如何稱呼,但她無法意識到我想問的問題。此時,其他學生都靜悄悄無聲到底,我猜他們應該也很想知道曾祖父母的說法。

  上學期結束後的寒假裡,說實在還算用功唸泰雅語。其

實就是國中高中九階和會話等四個部分不斷讀聽就是了，當然還外加紅色書皮的語法讀本。下學期開學前，趕緊密集讀了阿美語，怕忘記。結果用泰雅語寫信給李慧慧博士，卻被發現是「泰美語」，哈，maolah 和 smoya（喜歡），前為阿美，後為泰雅，混用了。當時想及 2020 年 9 月要開始學排灣語，開始有了惶恐。

　　過完年某日，和浦忠成教授以及新上任原文會和語發會兩位董事長瑪拉歐斯和溫英傑春酒聚餐，還有原民會邱專員與桃源國小校長也在。談到族語，忠成說一堆人不會族語，都是假的原民認同，又說該表揚的是我這樣的人，我說，等真的學到了四種，再說囉！

　　不久後，完成了浦忠成教授《神話樹》新書的序言，當然也完整讀完他的書稿，學了不少鄒語，發現南島語很接近，不是 na 或 no 什麼，就是 mee 或 mi 什麼的，或者 qu 或 ku 等等。但，進一步想，若果真原初是同一個祖群，那還真是神奇，也就是骨架不變或只是少少變，而肉體亦即各族語言本身卻千變萬化了。縱使是所謂的基本詞彙，其實也相當勉強，多數仍是差異頗大。換句話說，新環境對於群體而言，遠比記憶祖先來得重要得多，畢竟那是當下生存的立即需要。

　　泰雅族長輩，也是前臺大人類學系博士生 Yupas Watan 2019

年12月16日下午在歷史學系周婉窈教授課上演講賽德克族與泰雅族在日治時期的衝突故事。他的大著作《Yuhum 魂魄》已於2023年春天出版。他這戰爭研究計畫，很久之前就告訴過我，尤其在唸筆者所授「第四世界專題討論」課堂文獻時，讀到 tribal war（部落戰爭），很是興奮。最近這幾回相遇，他很訝異我會泰雅語。

泰雅語認證考試3月9日公布成績，我初級92分，很驚訝，因為口說根本沒說什麼，閱卷老師太寬大了。YSC 老師現在教書，一口氣講不停。她從不知道學生可以講多少，常常自問自答。我每每都想插話提問，但她也都快快速答，立即又回到她的講不停。筆者認為，這位老師可能是教小學習慣了，習慣上不會要學生提問。事實上，好像問了也沒用，她問，沒人回，學生問，她閃回。我只好自修天天苦學，她也常說教授很厲害很認真。

有一天看到「水沙連」一詞，就想到自筆者1990年代中葉研究邵族社會與文化課題以來，接觸該詞彙已有幾十年，但，它到底是什麼，仍然一無所知，一般文獻上的解釋，都不令人滿意。當然，從經驗上判斷，一定是在地用詞。那邊距離阿美族很遠，先不考慮。但，泰雅族就在埔里地區山區。賽考列克唸「人」為 squliq，澤奧利唸 s'uli，「很多人」就唸成

ssuli，和水沙連音很近。會不會平埔族人遷去埔里盆地之前，先認知到當地稱為 ssuli，漢字就寫成水沙連？換句話說，水沙連不是平埔語，而是更早在地族群用語，而泰雅強勢，其詞彙可能就有機會被人使用。另外想到，邵族的邵 thao，事實上應就是雅美和阿美 tao 指涉人或他人的音轉，泰雅有這個稱名嗎？'tayal 和 tao 也近，或有可能。事實上，泰雅的 sswali（對不起或沒關係）和水沙連也音近。而阿美和雅美的 tao，除了與邵族之 thao 同源發音之外，和泰雅 'tayal 以及甚至臺灣／大窩灣／大員也同源音。都是「人」的意思。因為南島語族語言都有處所加綴的特性，因此，Tao 加上 an 即是人之地，類同於蘭嶼人之島，而「人之地」就是 Tao-an，也就成了「大員」發音了。學原住民語真好，可以解開數十年之謎，縱使是自我想像，也很感興奮。

　　修習泰雅族語之時，天天都要唸讀該語，因此變成了專業學習對象。泰雅語下學期，剩下十位學生，而上學期來旁聽，而且每回都會為老師帶杯咖啡的那位泰雅研究專家不見了。她研究泰雅二十多年，怎好似對語言很陌生，有次她告訴我，現在學的，跟她的田野地都不一樣。

　　那天認證成績公布，內子說，「怪，你學阿美語時，天天在唸，但，這次泰雅都沒聽到什麼，你好像自然就會了。」其

實是,我泰雅語天天唸,只是自然而然不再用寫的,一次都沒有,而阿美語時期,總是寫個不停,寫了好多本數位時代之前留存的黃色筆記本。另外就是,阿美語是第一個學習的南島語,新奇,會常問問說說,而過久了,泰雅語似乎習以為常。幾乎沒像過去學阿美語時,在早餐桌上一直問答。想到馬上要開始學排灣,不知會否因習慣於如此唸唸讀讀而更麻木不仁了。我公開說自覺泰雅語學得比較好,其實一方面是有阿美語基礎,另一方面是和李慧慧博士可以不時以泰雅語寫信或者當面談話,練習機會多很多。不過,不管阿美還是泰雅,對方族人聽你說幾句,他們多半就反應,這麼會講喔!很厲害!但,很難就自此相互以族語對話,真不知為什麼,是他們也是講華語比較順暢,還是筆者族語水準仍弱,對方沒有力氣跟你耗時?或許後者吧!

到花蓮國立東華大學參加原住民族學院浦忠成院長的兩本新書發表會。為了這趟,我連續三天苦唸阿美語,因為想說那邊比較有可能用到。到了會場,在邊邊小店,看到了過去在東華兼課時的泰雅族學生。現場好像泰雅人比阿美族人多,阿美只有兩位原舞者資深團員老朋友。我想說的是,無論是阿美還是泰雅,每次遇到他們,就很想擠出幾句,但,很難,而且會支支吾吾,原本會的,一下子全清空忘光。想說,怎會如

此?當然才初學一年,實力有限。不過,主因應是,那不是一個族語場合,你硬說出來,反而怪。我在想,身歷其境一個族語場合,應該反而輕鬆。例如,在 Qehuy ngasal ni Aho 李慧慧博士的奎輝部落家裡,有時會聽到一般使用的話語(如 yata ni Aho 慧慧的嬸嬸或 mama ni Aho 慧慧的叔叔),自己自然就可順口反應一些了。

某位李教授是東華的語言學者,聽聞她報考太魯閣語中高級,拿 80 分,很厲害。但,喝了酒之後,在浦忠成家吐真言。她是賽德克語中高級的試審人,結果去考太魯閣中高,卻不被承認。她說下次要再重考一次。有人要她考優級,她說,她也被邀請當賽德克語優級試審,但,也擔心考了又白考。大家越安慰,她越激動。我說,我們這種初級通過者,不便表示意見,大家聞之哈哈一笑。我也一直在問,到底是通過兩個初級厲害,還是通過一個中高級厲害?我過去的東華大學泰雅學生說,筆者的一位現職博士生告知她謝老師通過了中級,我沒多做解釋,什麼時候學生美言,多報升我一級了?不過,只有初級的確有點遜,必須再加油。

有次上課問到 phpah(「花」的泰雅語原詞)和 hana(「花」的日語借詞)在部落哪個較普遍被使用,YSC 老師說,hana。如你會用 phpah,那表示泰雅語很厲害。我聽了,一愣,想到

外來的日語真的很多，某次課堂上，就一口氣學了將近 50 個詞，老師還要我們記起來，其中不乏學過的好多單詞。若日語借詞如此普遍，那族語都到哪兒去了？這使我聯想到，為何原住民一向表現出頗為親日，多數長輩日語都呱呱叫，原因或許是大量借詞進來，講族語和說日語沒大不同了，所以，親日等於是親自己親本族的意思。但，你可以質疑，沒啊，日本曾經征伐殺人或者因案處罰族人呀，為何彼此還是親人？主因應是，單單自己泰雅族人之間，過去也 mgaga 出草來出草去啊，日人殺過我們又如何，不會留下印記的。現在臺灣部分人士或團體的鼓勵仇日思維或行動，都是從自我立場出發的認知，而非依循原民角度論事，所以，到頭來還是難以撼動族人。

前次跟李慧慧博士說，學泰雅語的最大困難，就是主語置於最後。中文主詞都在最前面，英文也是。現在聽泰雅語，第一句都很清楚，但，第二句開始就深深感到困擾，因為第一句的主語在最後一字，立即被中英文首字主詞的慣習牽引，也就是說，往往泰雅語第一句主語會被初學者當作第二句的主詞，馬上混淆不堪。而縱使知曉末尾一字為主語，也要聽到最後才跑出，然後才忙著轉往前頭來理解全句，此時口語已經繼續往下唸了，等第一句弄清楚時，後頭早已不知講到何處去了。

另外，南島原住民語言的虛詞和連接詞不僅數量超多，

也有大量意義轉換的情形,這點把握不好,就不容易學好。阿美語的 ko 格位標記很被強調,但,泰雅語的 qu 格位標記就大量被忘卻。阿美語的 to(已經……了),泰雅語是 wal…la(已經……了),不過,to 都黏在動詞之後,而 wal 則是句首單字,句尾再說 la。學來學去,變成比較語言學了。

　　有天早上跟內子說,我們臺語形容穿衣服太寬不合身,鬆鬆垮垮,或者一個人不穩重傻傻笑等,叫做 lahi,其與泰雅語表達「不要」的命令或祈使語詞 laxi,很同音,會不會是原住民南島語被南方漢語採借?因為,lahi,怎麼樣聽,都不像漢語,更常常以南島語疊詞 lahilahi 方式來講。另外,死亡泰雅語稱 huqil,邵語是 woka 或 huka,它們應是同源。最近讀到東華大學畢業傅鳳琴博士論文,她研究臺東著名傳說人物或歷史要角的卑南王,寫有東部山區曾有「武甲」部族或首領,我以為就是 woka / huka 的音轉,也就是人人怕他,視之為死亡之地或死神之意思。另外,突然想到,泰雅語 yaqih 是臺語 ngia-ke 的同字源嗎?前者是「不好」、「壞」之意,後者為「多此一舉」或「增添麻煩」的意思。ngia-ke 怎麼聽,都不像漢語(有請漢語或臺語文專家指正!),還有,paqut(泰雅語詢問之意思),臺語的 pako m pako(懂不懂啊)等二詞有關嗎?pakopako 又是疊詞形式。學了族語,像此類連連看

歷史文化蹤跡的念頭，突現許多，自覺很是有味。

泰雅語最後一次上課來到之前，筆者聯繫同學，大家簽名在卡片上送老師。上完課，大家拿卡片給 YSC 之外，我另送一副竹杯，上頭寫有中文和泰雅文字各一。但，老師不僅對卡片上學生們寫的內容沒看一眼，我替她打開來，也不看。對於禮物也一樣，拆都沒拆。或許有些人是這種個性，不像去年阿美語的 CYM 老師感動得快哭了。兩班的經驗真是大不同。當日也是筆者在人類學系上最後一堂課，Yupas Watan 和復興區老友師大環境教育所博士生宋國用都來了。課後去喝啤酒慶祝退休，Yupas 一直驚嘆我的泰雅語，而國用縱使聽我講好幾句了，卻還說，你應該開始學泰雅語。的確，尚待更大努力。

那天和慧慧說，我一直想著為何泰雅語的疊詞會如此精簡，和其他族如阿美與排灣都不同。排灣語有 kivangavang，甚至 kivangavangavang，而阿美語有 romi'ami'ad，但泰雅就是 bbiru 或 ssbing 或 llaqi'。古泰雅語或許是 birubiru 或 sbisbing 或 lalaqi'，就與其他族類同。會不會跟泰雅族生活環境有關？因為口語精簡了之後，要說明白一件事情的時間就可縮短。那，為何需要爭取那段時間呢？好像打暗號似地，簡單幾字大家就懂，是為了出草獵首或狩獵之時，力求靜聲有關？很值得進一步探索。

筆者於 2021 年 12 月布農語學了三個月之後，報考該語的中級認證。結果是 67 分，但，口說未達標準，雖然總分及格，還是不通過。到了 2022 年 4 月 23 日，亦即泰雅語學了一年過後的將近二年，報考泰雅中級認證。布農失敗的經驗，讓我忐忑不安，於是準備時間就乖乖的熟讀「族語 E 樂園」高中教材，所有問句都試著回答不只一次。以前準備考試時，多半就唸唸教材上的問句而已，結果考試時，聽到問句，一時緊張，根本很難回答得好。這次因為有練習和準備，所以，五題問答都會。可是，看圖說故事又來了，考題是「生病的一天」，我最不喜歡的主題，也沒準備，所以還是卡卡，講不順，想想這下大概又沒幾分了。看圖說故事一定要設法準備，以後再次考布農中級，以及各族的中高，都會有此一考試類屬，而且內容更複雜。這回算是自己的疏忽，事前應該至少抓緊四或五個圖說，先來準備答案，才能順暢應付。

考試時，試場裡面至少有五個監試人員。各角落都站一個。在考口說時候，考生此起彼落多語言說出，又常聽到結結巴巴的，監試人員聽了不知會不會想笑？我在口說時，敏感於周遭的監試人員，害我說的時候吞吞吐吐，因為擔心說不好被笑。不過，雖然如此，天天讀說泰雅語，自覺有進步，也自然許多，字彙比較能記得住。我也會想到過去傳統時代族人生活

的說話景況,也想像對抗外來政權之時,族人彼此對話的情形。他們使用我現在學的字詞嗎?語氣語調是什麼?現在課文很和平,好像生活於無害世界,但是,外敵入侵時的回應說話,一定是另外一種感覺,真的很想知道。

學泰雅語之時,YSC 老師曾提到她孫子不願學族語。筆者最近有較強烈感受到原民小孩不願學族語的心情。老師的孫子不願學族語,理由是沒有用處。的確,好幾回我在生活現場很想用泰雅語回應事情,但,族語一到心頭,卻又縮回去,因為四周沒人可懂。沒人聽懂的話,說了做什麼呢?難怪小孩會挫折很重。泰雅運動會可以看到大批族人,此時當然族語很好用,但,這是非常特殊的場合,只佔一年時間的幾千分之一吧!其餘時間都是泰雅語無用之場景。如何是好?以前時代,族人不必與他族往來,自己族人互動自己族人,當然泰雅族語為唯一用語,但,現在是超大社會的時代,自己的語言變成小小規模,就會不受重視。很同情新世代族人。但,筆者還是決心要學好,因為喜歡它。

經由李慧慧博士的引薦,筆者於 2024 年 1 月 22 日與泰雅族語研究者張新仙老師夫妻午餐,也藉此請教一些問題。以下是大家談話的內容摘要。

1. 獵首刀和一般使用之刀具共用，沒有所謂專門 mgaga（獵首）用的刀子。泰雅族不會自己製作刀具，都是外面取來或換來或獵首時同時帶回。一般有大刀，以及中型 kalaw 和小刀 buli'。大型長刀不是家家都有。泰雅族聚落多是自己家族成員，所以，刀子會分配各個成員，不會造成誰有誰沒有。筆者表示，過去物質欠缺時代，不可能 mgaga 專用刀久久用一次，就長時間放著不使用，畢竟符合生活經濟原則很重要。張老師回應，有傳說芒草蘆葦也可以砍人頭，所以，在有機會與外界交易鐵製器物之前，泰雅自己有天然環境可用的 mgaga 用具。筆者說，會不會漢人來之前是與平埔族交易或搶來的啊！畢竟，平埔各族當時的工藝產業已經進入金屬器時代了。張老師又被問到 qbuli 和 buli' 的關係，前者是灰爐，後者為小刀，二者無關。但，他又說，意念上有關。因為人們會將小刀傳給後代，象徵後代長大了，開始可以用小刀做工了。而 qbuli 的灰爐，也代表一個家族，也有傳承之意思。筆者表示，那這樣說來，二者關係匪淺啊！

2. 許多人將戰爭和 mgaga 混一起。過去部落間沒有存在所謂戰爭，至多只是無特定對象的 mgaga。兩人有

事情起矛盾，有一人說要去 mgaga，即已取得他是正確一方的作為。三光與馬里光曾有群毆事件發生，但，那也不是戰爭。筆者表示，戰爭顯然是國家進來之後所出現的新政治社會行動。

3. 泰雅織布的菱形紋，是否代表祖靈的眼睛？張老師說，一個大大菱形四周有複框者，應該是，但，一般菱形不是。筆者表示，泰雅族人很怕 utux，避之唯恐不及，怎可能將祖靈帶在身上看他人，然後自己被他人祖靈看？張老師：衣服波浪山形紋，可以代表不同家族結親從幾座山頭過來的意象。筆者：現在祖靈的眼睛之說，被大量傳送，似乎已經成為定論了。

4. 關於彩虹橋之說。筆者問：泰雅只有黑紅白三色，彩虹裡面有許多顏色沒有詞彙。事實上，泰雅族強調橋，而非彩虹，但，今天大家都是唯美或新美學觀點來看彩虹橋。祖靈的眼睛也是新式唯美觀點，不是過往的認知。以前翻譯作神靈橋，好像比今天的彩虹橋更適當。

5. 以前有入贅者。生下來的孩子是連上母親名字，大家看到連上女性名字，都知道他為入贅父親所生。

6. 以前離婚的女人回到部落不能隨意住，她的父母會不

捨，一般就在旁邊蓋一屋子給她住。

7. 貝珠為與 mukan（福佬臺灣人）和 ngayngay（客家人）交換而來。在今石門水庫仙島那邊有最多交易行為。帶回來再由 yaki（祖母）或 yaya（母親）來鑲織於衣物上。這些商人應該也是與海邊的人換來貝珠的。貝珠衣一般不用來穿著，很重。有一種山上植物薏仁，殼很硬，很像貝珠，會被穿插使用。

8. 泰雅、太魯閣和賽德克三族都有貝珠衣，可見是他們分家之前共祖時代已有的文化。那麼，那時漢人進來了嗎？若都是與漢人換來的，那，三族的分道揚鑣時代並不久遠，一定是漢人進來之後的事情。那，為何分家？這和外來資源的競爭取得有關嗎？有待後續研究。

第三年，排灣語持續

　　排灣語稱為 pinayuanan／kay na Paiwan／penaiwanan。在選課阿美語和泰雅語之時，也有同學上排灣語課程。排灣語給人的第一印象，就是很可怕，一個字那麼長，怎麼唸，又怎麼記得住呢？任何人遇見修讀排灣語的同學，只要一開口，必定是「天啊！排灣語好難喔！」等等之類的語詞，然後接著就說，「一個字那樣長，嚇人」。筆者以前就是如此，很敬畏勇於修讀排灣語的學生。現在輪到自己了，開課之前一週，簡直忐忑到不行，深恐撐不了幾時。

　　這學期開始學排灣語，是東排灣方言，上課第一天是2020年9月17日，族語考試是12月5日。這次直接報考中級。教師是簡任官退休的MZG先生，我的老友。他的風格不同於往。阿美語和泰雅語的二位老師對於族語認證考試一事，很難說有在極力鼓勵，偶爾提及。CYM老師比YSC老師積極一些，放榜之後，他有問大家的情況，也說自己的一位晚輩親戚差一點點考過。YSC老師則始終沒問到此事。現在的MZG老師自上課首日起，即一直催同學考中級，因為初級和中級差不了多少，何不直攻較高階者。上課第一天，老師和我玩笑多

多，畢竟久違了。不過，縱使他主攻族語認證，但，報名截止前，好像只有我和二位馬來西亞留學生報考東排，其餘就各族考各族的。其中一位王同學前次被我刺激到（我上二次課，就開口隨意講，大家嚇一跳。我說，就先背上幾則對話，唬唬人，同時建立自我信心），因此大大用功，結果上星期期中考，好像考得比我好。

課後筆者跟 MZG 老師說，排灣語看起來很難，事實上所有人也都如此認為，自爆一定學得苦不堪言，畢竟，那非常長的字彙，嚇也嚇死了。老師回說，不難，簡單。後來，漸漸感覺，好像還好嘛！字雖長，也長得很可愛啊！字長是因為疊詞很多，其實抓到詞根，解剖一下，就豁然開朗了。而且，它和阿美語竟然有令人驚奇的相像，尤其類同的字彙相當多。筆者有時都懷疑，難道是卑南遺址主人後來分成二支，一支往北成了阿美族，另一支入山成了排灣，前者衣服少少，可能為平民的後代，而後者衣服多多，則或許是統治階層的群體？卑南文化的當時，或可能已經分成貴族與平民二大範疇，語言方面除了基本詞彙之外，雙方也有所分別。後來的排灣與阿美語的類同詞彙，可能就是當時的共享基本字詞，而各自發展出的特定排灣語和阿美語，即以原先各屬之語言範疇為本。總之，卑南遺址主人的突然消失，一直是考古學界的謎團，筆者以想像來

試圖協助解答。

不過,排灣語音真的比較多,字詞記不太住,有很多 lj、dj、tj 的字頭字尾字,卻又唸得很輕,根本很難分辨。但是,它的一個子音後頭一定跟有母音,就比較好知道共有幾個音節,有辦法唸得順暢。不像泰雅語連續幾個子音在一起,一般語言學原理很難說服學習者,尤其如欲順口唸出來,實在太難。不過,在標音上,同樣是 e,泰雅唸成 [ei],而子音相連則每個子音後面都接 [er] 音,如 k,就是 [ker],因此,[kr] 就唸成 [ker rer]。但是,排灣的 e,卻被視為母音,就唸 [er]。

MZG 老師的教法是,今天準備一個主題範圍,例如問候會話,講完了,就結束,可能只有 11:30,沒關係,我喜歡這樣,不必要硬撐到 12:00。他是東排灣的山線發音,所以,讀起教材裡代表東排的海線音,總是好像唸不順,有時也會打結。可見方言習慣的限制有多強。有次老師提到有人在開授族語通過認證保證班,收費高。還有的是教學與考試內容均類似被特定組織把持。他多次表示權威者如此說,只好這樣教。雙方的堅持,頗有爭正統的意味。

排灣語在 12 月裡考完認證,此次看圖說故事有比過去二次多講了些,但,題目是,三個小孩看星星,情急之下,卻未說出 pacun(看)這個字,真是懊惱。問答題最後一題也沒

聽懂，隨意 ui（是的）就沒了。排灣語是 ui，阿美是 hay，而泰雅是 aw。這些是最常用的 yes 用詞，當然還有其他相關用字。

nya kaka= tja kaka 我的兄弟姊妹，排灣和阿美用法很像。筆者至此接觸過了阿美、泰雅和排灣，感覺到最先學的阿美語好像實力落後較多。不過，只要花一天把高中句型唸過一次，就可回復。每次去花蓮前就讀阿美語，要去復興區就唸泰雅，平日繼續學排灣。

只要有機會於特定場合上聽聞原住民語的使用，凡有阿美、泰雅以及排灣等族語者，都會認真聽，聽懂了，超高興。不過，某位教育大學老師曾跟我提及，幾次她和中學老師主任校長談到對原住民語言文化推動的事情，都讓筆者感覺到他們不是不屑嘲諷、冷漠譏笑、就是無奈和憤怒。這是教育界人員的普遍現象嗎？想及此，不禁捏一大把冷汗。「要去哪裡找老師啊！」是他們的第一反應，卻從不想到自己應要有熱忱，努力促成此事。

族語認證考試會場在景美莊敬高職。學校位於過去政治犯監獄的後面，牆邊肅殺荒涼。考完後，監試人員宣布說非原住民和小學生可以領取禮物，我就去排隊，一整排小孩，就我一人高個子。領到一個紀念小杯子。這是第三回考認證，每次都

是和一堆小朋友在一起，返老還童。

　　以前寫阿美語和泰雅語札記比較認真，這次不知為何，排灣語總懶懶的，學了一學期才沒寫幾字。MZG 老師告訴我，他小時候在部落，大家叫他 payrang（漢人），因為父親為外省人，但，進學校，同學又稱其為「番仔」。兩邊不是人。筆者趁當年寒假跑去 MZG 老師老家臺東金崙的賓茂部落，有去他妹妹家拜訪。他小妹說，以前大家都笑哥哥的排灣語，那他怎麼能教你？他妹又說，哥是學者，也是大頭目。他不在家，頭目事務妹妹幫忙處理。有一些當過村長民代，號稱頭目，但，根本假的，慶典到了，頭目要殺豬送子民，這些假冒者根本沒得送，因為沒人，而 MZG 家卻要多殺一隻，因為送不夠。和當地蒸籠點心店老闆娘聊天。她說，自己是平民，也是一半一半，看來不太會族語。當她說自己是一般人之時，好像很不好意思。顯見在貴族社會，出身還是重要。在賓茂看到顯於外的族語文字，和阿美族社區差不多，也就是相當有限，反而直接以中文翻譯者居多。原民書寫系統公告已近二十年，顯然欲廣為人知人用，還需很長時間。

　　排灣和阿美單詞有不少接近者。舊香蘭遺址出土百步蛇圖像，金屬器時代已經有此，見證了排灣的歷史和文化史。但，為何與阿美語接近？卑南文化人離開卑南遺址地點，往山上往

南走者，看到百步蛇，知道其厲害，於是慢慢形成信仰神話以及特定圖文穿著，一身黑黑，根本就是百步蛇的化身。排灣語 lje、tje、dju、tju、lju 等等發音，或許跟蛇的聲響有關，從那邊學過來的。MZG 老師說 lje 是蟬叫聲，我則認為係蛇的爬行摩擦聲音。而阿美語無此，反而可能比較保有兩族分家之前的古老音域。巨石石棺和石板屋等等，都是卑南地點生活經驗的延續，而因地制宜的關係，人們也慢慢適應新地方環境，因此不同地區有使用石板等等材料多寡之別。

　　排灣語學到半年之時，感覺單字記得少，也好像比較不好記住，不過，好在自己並不害怕這個語言，因此，相信一定可以漸入佳境。很多人都說排灣語很難，但，也還好，習慣了就可。不少人都說，要學族語，去部落就對了。但，事實上，部落裡，要自然聽到族語，並不太容易，除非硬巴著某位耆老，天天迫講。當今的情況是，族語幾乎全數進入學校領域了，只在學習中講用，平時絕緣，除非有人臨時講一句，或許才有些許回應。學校裡面學說族語，好像很正確。但，那是一個完全錯誤的思維，因為，學校不在文化情境中，它是被拉出文化世界之外的一個奇特場所，人們在裡頭的活動，可以完全異於回到平日社會文化場域的一切。語言的使用就是如此。國家投入極大資源在復振族語，只是多用於學校的學習，而公務

機關之語言教育科室的預算，往往遠高於其他單位，此舉也直接推波助瀾族語永遠停於學校的現況。

　　有天唸字母篇單字唸到鞦韆，叫做 ljukay，立即想到魯凱族為何叫做魯凱，會不會他們鞦韆特別興盛，因此得名？但，剛剛查族語辭典，卻發音 ljakai。到底是什麼，很困惑！不過，魯凱族文化一直被認為與排灣很相似，尤其是服飾，根本難分軒輊，專家也常被難倒。只是，二者的語言差距甚大。這如何解釋？筆者的看法是，排灣為強勢族群，或許比魯凱晚到臺灣南部地區，後者為了生存需要，反過來仿效前者的物質文化。這在北部地區的賽夏族與泰雅族關係史上，也出現過類似景況。魯凱的鞦韆很盛行，排灣以此稱之，很可理解。現在的解釋魯凱之意思，多為穿鑿附會，總以神秘高道德或生態情操等意象來界定之，其實真正情況應不會如此複雜抽象。

　　MZG 老師唸一句話總是斷斷續續，不容易通順。或許是山線和海線發音差距的因素，畢竟，多數教材例如「族語 E 樂園」，全是海線專人的發音，而老師本人則是山線出身。

　　為配合原民特考，2021 年開始一年改成二次族語認證考試，前半年只有初級和中級，我報名了阿美中級，這樣下去很快四個族的中級都可以通過，之後再逐一挑戰中高級。果然，

阿美中級順利過關，達標四個族都有中級認證了。

　　某日又發現一字類同，排灣 tjeminu，泰雅 teminun，都是織布。排灣族語的訣竅就是，一個動詞，可以疊起來，只要中間加上 em 或 in，然後第一個字的尾巴子音不出現，也就是 em 加在第一字的第一個母音之前，如 qudjia（雨）變成 qemudjia（下雨），而第一字少掉尾巴子音，若第一字尾巴原本就是母音則不去掉，然後第二字原字出現。學到今，幾乎 90% 以上都如此。

　　以前人類學系和外國語文學系雙修，阿美語與排灣語也是雙修的林同學曾跟我說，排灣和阿美語很不同。我們都曾一起學阿美語，而她同時學排灣，後來又一起學泰雅語，她那時更在師大上排灣第二年。不過，我一學習排灣，很早就發現它和阿美很像，許多單詞根本相同，語法也是。阿美的格位 ko 維持得最完整，泰雅 qu 則搖搖欲墜，排灣幾乎都沒了。但是，它已被另外如 a 一詞所取代。阿美也用 a 來區辨前後出現的動詞，排灣亦然，惟又同時擔任類似格位標記的功能。

　　筆者繼續找尋排灣和泰雅的同樣字彙如下，前面排灣，後頭泰雅：

排灣	泰雅	意義
tjeminu	teminun	織布
sala	sara'	盤子
qam	qom	穿山甲
lalangaw	zyangaw	蒼蠅
gang	kmagang	螃蟹
kay	ke	語言
qemaljup	qemalup	打獵

　　「打獵」和「蒼蠅」我在他處見過同字，不過，泰雅還有其他說法。李壬癸教授曾說汶水泰雅語有男女不同詞彙。當年芮逸夫教授一行到錦水村看到老婦文胸，還有該地「q」和「沒有 q」並存，而錦水就屬於汶水群。汶水群的文化處於 C'oli 和 Squliq 群之間，語言文化表現頗為複雜。李壬癸南島語言的擴散說，多是從語言特質入手，雖然他說詞彙不是準據，因為容易變，但，卻也常常拿詞彙各族相比，例如他就說西拉雅、巴賽、噶瑪蘭、以及阿美各族語言接近，然後就列出一個比較表格。但，不少被他比較的字詞，排灣說法也差不多啊！排灣從不被其列入西拉雅、巴賽、噶瑪蘭、及阿美的同一群組裡。

　　族語學習過程中，總會聽到一些傳聞。例如，有一些人程度不高，卻可考過高級甚至優級，其原因引人遐想。另外，

有開補習班，收費很高，然後該班不知為何通過率總是超高。這些說法當然尚待求證。不過，報考高級以上者，就那麼少少幾人，而閱卷官，也是少少那幾位，尤其各方言群的母數非常小，人人彼此認識，很容易讓人產生弊端的聯想。如何公平服人，還真是一大考驗。當然，希望相關傳聞都不是真的。

馬來西亞籍王同學第二學期沒修，但上學期表現很好，他考了認證，還被邀請去領獎，一方面具外國人身分，又考很好成績。一年有二次考期的新政開始了，於是排灣語下學期多了一次考試機會，一位劉同學和另一女同學有報名，卻沒去考，都說生病，我有點懷疑，會不會就是臨陣脫逃？劉同學都有來上課，但，每次課堂中一定會跑出去25分鐘，不知去哪裡，等於是上課無法很專心。期中考試時間剛好MZG老師去原民會開會，請我監考。劉同學15分鐘就繳卷，我以為他很認真，都會，但，後來回家翻一翻答卷，根本第一大部份填充全部錯，反而同為馬來西亞來的李同學答題很不錯。果然過幾週MZG老師在班上宣布五位及格名單，90、85、80、75、65，其餘都不及格。劉同學名字當然不在上面。

原住民學生會來選修族語課程，有點同溫層的感覺，因為只有這種課才能身處原民眾多的安全場合。只是，他們選課是一回事，不很認真者有之，缺課遲到以及考試亂寫等等，從

阿美語、泰雅語到排灣語都差不多情形。某大學阿美族教授的女兒就是又選泰雅又修排灣，但，缺課第一名。筆者是人類學系的老師，全勤來上族語課，卻似乎從來都沒有被當成榜樣。

　　MZG 老師認為排灣與魯凱文化相近是相互學習的結果，而且是後者學前者多。我在想，這和泰雅和賽夏情形是否類似？賽夏只學到紋臉和父子連名，而魯凱和排灣卻樣樣像，只有長嗣和長男繼承不同，但，魯凱的長男繼承很可能仿自漢人，這在與中國漢人接觸過後的中國少數民族身上，已經發生過許多次了，也就是從母系改成父系，例如四川麗江的納西族（傳統上是母系，後強制被更改成父系，不少青年男女不適應而走上在高山浪漫共赴黃泉之路）。主要是魯凱與排灣，以及泰雅與賽夏之語言，相互差別很大，文化卻接近，耐人尋味。

　　每次上課敲鐘了，就是 MZG 和筆者兩個老師在現場。MZG 老師都會說，今天只有我們，我回，同學會慢慢進來的，果然，陸陸續續，甚至到 11:00 也有姍姍來遲者。這在泰雅語課上也常見。現在上課，都在讀文章，有點難度，連老師也不容易唸得順。去年泰雅語 YSC 老師就很熟練。但，MZG 老師都說是因為他山線，而教材編寫是海線的緣故。

　　疫情衝擊下，2021 年 5 月 20 日和 5 月 27 日連續二周都採遠距教學，全國三級警戒，臺大早早就要求全校改採遠距。

我有先跟 MZG 老師提醒，於是他就預錄講稿 ppt 和音檔，很不錯，比上課清楚。我都乖乖按照原本上課時間聽講，下課後也立即報告老師。當時覺得會這樣一直到期末，也就是本班再也見不到面了。阿美語和泰雅語的時候，都有準備卡片大家簽名寫一段族語的話給老師，也會送禮物，這下可好了，排灣語要怎辦？私下送嗎？再說囉！只是期末考原本是要分組上台小小演一下話劇，現在只好改成線上考試了。

我把「族語 E 樂園」的東排單詞全看了一回，大概每隔一陣子就會如此做，尤其在情境族語和九階部分，一定保持熱度。唸唸聽聽，突然想到 payrang（平地人）一詞。大家都說是「壞人」之意思，但，我在想會不會是 idang（朋友）再加上 pa 前綴成了 pa-idang（做朋友）或變成「朋友」？漢人是新來的，原民與其變成新朋友，不也很合理嗎？換句話說，原民包括阿美、排灣和卑南都稱平地人為新朋友。阿美族另有 holam（外省人）一稱，應是湖南人的譯稱，今也直接稱平地人 taywan。泰雅的稱呼 mukan 或 kahat 都有嘲笑之意思，但好像沒有直接稱 taywan 者，而東部各族則少有嘲笑稱名，所以，payrang 或許真的不是「壞人」的閩南語音轉。

南島語一個單純詞彙，可以幾乎無限的加上綴詞，以使意思有所變化。排灣語當然也是如此。課堂上學到 sedjam（借）

一詞。MZG 老師說，小時候最怕媽媽說這字，因為又要小孩出去跟人借東西，或者大人自己要外出借錢了。資源匱乏的社會與時代，此等艱困情景，可以想像。就以 sedjam 為例，至少有如下的加詞變化，都是借，但每個字詞的意思，均稍有不同。

kisedjaman	我借的
kisedjamen	借多少
pasedjam	借出給
pasedjaman	你所借出的
sipasedjam	可以借
sinipasedjam	已經借出給
kinisedjam	已經借的
kisedjam	跟人借
kisedjamu	去借去
kisedjamay	我去借
nasakisedjam	可以借出給
napasedjam	借給你的
pinasedjaman	借給我的

一個簡單詞根 sedjam（借），有著如上之加綴變化，雖然很有趣，但，後天學習的人必感到艱難。所有南島語均同，阿美和泰雅也是有類此的變化多端，講錯了，人家或許可以懂，但，有時會被哈哈笑。

「族語 E 樂園」的內容很不錯，但，可以感覺到宗教的詞彙特少，應該是跟改宗之後避免或忌諱傳統信仰有關。現在原住民把「宗教」給了基督宗教專屬，而傳統至多僅列為「信仰」。本來應該是學完一個族語，就寫一篇文章，用以討論人類學在該族研究中的族語使用狀況，大概以二十份代表性論著以及五名主要研究者即可。但是，2018-2019 年學的阿美語，後來陸續也會複習，卻好像越來越領悟，這種進步在剛剛完成一年的時候，很難有所察覺。所以，等四種都學完了，都過中級或中高級認證了，再來統合寫書吧！

其實，學族語不需要太斤斤計較，有很多音韻說法各有不同，部落內外意見多多，難以統合，就專學一種，然後一定可以同時也知道其他說法，例如，學東排，但，目前權威語法書，卻是專寫中排來義地區者，而東排的教學主將屬於海線，現今教課者卻來自山線，各有千秋，通通學就對了，混著講，也可。例如，白色，正式學的是 vitekitekilj，而後來唸的文章舉例都是 vucelay，說是北排用法。基本上，不必在意此等差異，算是學二個字吧！多多益善！

就在排灣語課堂結束之際，稍作了一下排灣語不易背起來的詞彙表：

ljelualuas	綠色	ita qapuluan	一棵
quljangas	黃色	kinakemudan	全景面貌
vurav	黃色	kadjunangan	大地
vucelay	白色	veneveanga	發芽
vutekitekilj	白色的	mareka kasiw	很多樹木
qudjerelj	紅色	cemuvuqanga	長出來
qudjidjilj	紅色	vucelelj a vuaq	冷天
sangasangasan	第一	a i cadja a i dedet a gadu	遠山近山
sikamasan musalj	第二	ljamecav a zaljum	清澈的水
sikamasan tjelulj	第三	masulem	天黑
kinetalj	一次	qezemezemetj	夜晚
kinmusalj	二次	kaljapenatipan	釣魚季節
Putjelu	三次	eng	蝴蝶
Macidilj	獨自	ljaljegel	冷
marusa	二人	ljemaljeqelan	很冷
matjelu	三人	semezam	熱
tjaljananguaqan	最好的	sarenguanguaq	很舒服
makuya	破壞	qaqerengan	床鋪
maljekuyanga	壞了	sikava	用來穿的
valeljevelj	漂亮	pake liaw a kemava	多添衣服
maqacuvucuvung	年輕人	nasavaqavaqal	難吃
valjaw	配偶	sakuya	難吃
seqaulian	愛戀	tjinaljek	便當
kiljivak	愛	kapayuanan a kakanen	排灣族傳統食物

kiniljivakan	所愛的	kemesa	煮飯
kinisenayan	祝福的	qatia	鹽巴
ulja	祈望	anema su sengesengan	做什麼工作
kinasaljingan	願望	namapavalit	已經換了
lnuli	禱告	tja vavaw a zineliulj	高薪資
kalevau/kalevai	快活起來	vaquan	新的
levaan	喜悅	sedjaljep	適合
cemas	上帝	suntantalj	順利
marevetjek	兄弟姊妹	sinupazangal	看重
naqemati	造物神	kana	當
kinaikacauanan	人間	sivalit / valitan	還
kisaseljang	同伍	kinacaqu	會
kanadung	金崙	cengceng	正好
qemaljuqaljup	狩獵	itua	在於
mazazangiljan	頭目	mayaanga	何況
temalidu	熱鬧耀眼	amin	只有
namirazek	熱鬧盛況	ayatua	因為
sinisasing	被照的場景	matu	好像
kiningen	紀念	mavan	就是
mareka qaljaqalja	很多外人	manu	原來
pinualjakan	生日	tjaisangas	原本
kitaliduan	參與	seman	變成
masuvaqu	小米祭典	mapavalit	變成
kinacemekeljan	家人	zuma	其餘
taliduan	活動	naseliaw	過多

milava	穿盛裝	iya	是喔
palisian	祭儀	patju	一直到
maqepu	聚集	tazua	那時候
zaziyanan	歌舞場	namasan	已成為
sikalevaan	歡愉	pumayan	沒關係
kinapulami	豐收	anemanema	有哪些
pazangal	重要	kemalje alu qiljas	每個八月
pulamiitjen	大豐收	kemudakuda	怎麼樣
sikataqaljan	部落族人	siljizavan	看上去
sinikatevetevelj	團聚	ayavau	是這樣子的
tjara	每戶	numaya	那麼這樣吧
suljivatjitjen a mapuljat	我們全部平安	mayatucu a qivu	這樣說的
linengedavan	生日	saljinga	想
mecevucevung	聚會	kinememem	想
djemaulj	邀請	singlit	想念
sipavi	送給	ki paqenetj	記得
vinelian	買給我的	kisusingelitan	以解相思
pacikelu / pacikelen / pinacikel	歸還	madraudrau	忘了
pinacikel	償還	kaciuri	一起
namasi	有攜帶	matjatjiatjiak	互相牽
keljan	拿	meqaca	長大
givu / pasemalav	說了	kudral & kedri	大小
saw	去吧	djapalj	大腿

semuasuap	打掃	maliceng	安靜
maya kiljavaran	住嘴	tjaljiqaca	寬敞
tjikezem	閉眼	madjuludjulu	很便宜
Mintjus	驚嚇	pazangazangal	很難
suqeljevi a paljing	請開門		

排灣語期末考答案卷如下：

一、翻譯

1. zineliulj　薪水
2. sedjatjep　聚會
3. masalut　排灣族年度祭典
4. emalidu　隆重熱鬧且耀眼
5. semazam　熱燙滾滾

二、聽寫

1. qudjidjilj
2. tjalja a kaljavevean
3. sauqaljalj
4. malevaan
5. aqiljas

三、造句

1. kisedjaman ni kama tua a paysu mun.

2. maqati sun a pasedjam a susunaj ta tjanuaken？
3. sipavai amen tjumaq tua a kakedrian nutiaw a cavilj.
4. pacikelu su a paysu ta ti Muni na a azua tjiam i qinaljan niamatju.
5. sanguag aravac a gerupus i kalevalevan tucu.

四、作文
1. sinsi aken i kadral gaku Taywan tucu.
2. ini kemaljian, saka ini paysu aken tucu a cavilj, macaqu sun a padingwa tjanuaken nutiaw a cavilj.
3. kuqinaljan i Amerika, ngadan timadju Seattle.
4. sa senay sa zayin katua sa tjuruvu sa tjuruvu a caucau sika alu katu siva qiljas i liaw a qinaljan na kacalisian.
5. macidilj a ramaljiang ti Tjuku, masivawa na vaqu a temeketekel katu timadju aken nutiaw.

　　前面所列為期末考前準備之單詞資料，背了無數回，很難記住。接著的是考題和我的答題，自覺很不理想。例如，kaliaveveananga 就沒表達正確，也已跟老師招認了。連幾周的視訊上課，沒能實體課堂，也失去邀請學生用排灣語寫卡片感謝，以及致贈禮物的時機。排灣語莫測高深，令人敬畏。

　　期末考之後，還是有斷斷續續唸讀排灣語，但，因還要複習阿美和泰雅語，就只能兼著做。事實上，還有幾個詞彙，我很感興趣。臺語有 a^ca' 表示很煩躁，我都認為可能源自阿

美語 adada（痛），adada 也可以只唸 ada，與 a^ca' 音近。另外，魯凱的 Rukai，只有排灣語的 jukai（鞦韆）最接近，很可能當時詢問者好奇在遠處鞦韆上搖盪者之背景，而一旁之答問者是排灣族人，就說 jukai，問者以為那人屬於 jukai 族。筆者查了「族語 E 樂園」魯凱語詞，沒有 rukai 一詞。還有，payrang 一詞，也是問題。只有東部和南部阿美與排灣稱用，筆者認為那是阿美語 pa-idang／做朋友的用詞，而不是閩南語「歹人」之意。因為，不知閩南語的原住民，要學到「歹人」一詞，並不容易，而且還可以通知到全族說這是入侵者「壞人」，更是難以想像。阿美族人也分 ngayngay（客家人）和 taywan（臺灣人）二種，至少花蓮多數地區如此認為。

第四年，布農語結業

　　布農族人常常以 malasBunun（講布農語）一詞，彼此鼓勵，呼籲大家都開口說族語。從阿美經泰雅至排灣，最後來到布農。筆者的四大族語學習計畫，開啟了第四個年頭。臺大就開這四個較大族群的語言學習課程。陸續有聽聞學生期望學到雅美族與鄒族等語言，但，一直到 2024 年之際，仍未見具體作為。事實上，維持四個語言授課，而且自 2018 年起始，已實行了兩輪，也就是各語言都開過兩次，並非易事。只是筆者仍觀察到不少優秀認真學生，因為各種原因，只上了一學期，下學期即不見人影。連開課老師都感到可惜，畢竟，一個語言很難僅以拿到學分就滿意，聽說讀寫其實都還很稚嫩，不久後全忘光，一切又歸零。筆者常鼓勵晚輩，學一個語言，絕對不要中途而廢，或者只學半調子，應該盡力學到可以使用，至少和英語實力相差不遠。筆者的泰語曾經到了此一水準，如今的原民族語，期盼也能比照辦理。

　　開學自第一至三周都還是遠距上課。授課教師是也在東華大學開課的 TLT 老師。他本身是布農族巒社群人，是教會牧師，但，因對丹社群語言較有研究，就以丹社語群為主設計課

程。他會先預錄一段講課,而我都是在原訂上課時間聽完,隨之即向他報告,謝謝老師辛勞。有次還在錄音帶中聽到雞鳴,可見是在農事地方錄製。果然後來他說,早上 5:00 多從瑞穗上車,接近 9:00 才到臺北,立即趕到教室。實體上課第一次,我就建議以後 9:30 上課即可,大家都很高興,至少老師可以吃個簡便早餐,一路趕車,需要先休息片刻。

以前就聽說 TLT 老師不考試,上週他就說我們不考試,我也不便問說那期末如何給分。他說,在東華大學上課,時間差不多了,學生會說該下課了,但,臺大就一直上到 12:00。不同學校風格互異,那邊都原民,比較熱鬧,這裡學生靜靜的,但,學習力強。不過,已經講好 9:30 上課,到了下一周,卻在 9:20 就開講,讓幾位以為改到 9:30 者,匆匆跑進,我也差一點遲到。之後就還是乖乖 9:10 之前進教室。但,有次卻是 11:40 就下課了。其實,一個講題上完就下課,很理想,多出來 20 分鐘,給學生稍作消化,或者整理一下筆記,像我就很需要後者的時間。

TLT 老師上課方式和一般族語或語言教學很不同,他是在做研究,仔細剖析每個字的結構,語言學課堂也不會這麼細膩,足見其對布農語有下大功夫。他的布農語著作不少,又是優級通過,應是當今權威之一。TLT 教授丹群,但,自

己源自巒群。事實上，丹就是出自巒。他說，布農族有小姓、中姓和大姓，過去時代，中姓間也會互取人頭。大姓就是指巒、丹、郡、卡、卓等五個社群。我的想法是，東南亞原住民族主要係在資源匱乏的背景下，必須祭獵人頭來拜託天神降福給糧。現在常見之以獵首來抵禦外侮的解釋，應是後設立場的不正確說法。

布農語的發音和語法都相較容易些。過去常聽聞布農語簡單，好像所言不假。畢竟，該語只有 a、u、i 等三個母音，其他都是外來的。臺大鄭恆雄教授說，布農語沒有形容詞，TLT 老師很不服氣，他說，形容詞滿地都是。過去，排灣族語老師也對自己語言被認為沒有形容詞感到無奈，但，又沒勇氣挑戰特定大學裡那群管理族語教師的嚴師。事實上，所有南島語幾乎已經被定論沒有形容詞了，只有靜態動詞。不過，也很令人費解。既然是動詞，就是要動啊，會動的詞，怎會靜態？TLT 老師多半使用「亞動詞」一稱。以前在日月潭邵族部落田野調查，發現有不少來自潭南或雙龍的布農媳婦，於是布農語在德化社（後改為伊達邵，ita Thao，「我們是邵族」的意思）也被普遍使用。常聽聞在地族人笑布農語有什麼 yingalan, kakaulan, monsulan 等以福佬臺語唸起來的不雅諧音字詞，事隔二十多年，現在自己就是要來學習這個有趣的語言。

當年排灣語老師第一次上課就直呼以報考中級為要，一直強調考證的重要性，拚命鼓勵。更早之前的泰雅語和阿美語老師，尤其是後者，也會偶爾關心詢問考試情形，但，態度較輕鬆，阿美語甚至直接有問分數者。現在布農語老師從未提及考證，反而常常批評不少族語老師自己都不懂。上課不久，筆者已經依例報了丹群中級，剩下一個月不到，要趕緊準備。我才學布農語第一次，就自己練習「族語E樂園」的作業，結果100分，但，之後越學越多，卻多次只有80，甚至60。足見語言深具奧妙難解之內在的挑戰魅力。

　　TLT老師軍官退伍。他現在兼課多處，臺大、東華、神學院以及一所中學。他說兒子很高帥，今年初不幸離世。自己兄弟姊妹11人只剩2人，妹妹60歲，他68歲。他說，都是喝太多的緣故。泰雅老師和布農老師屬於那種他人提問，往往聽不到意思就急切回答，但都答不到重點者。老師們的個性，從中可以獲知一二。

　　多數族語老師好像都不喜歡下課。過去泰雅老師課間不下課，現在布農老師9:00多開始講課，撐到接近12:00。這次選課原民學生少，多為非原民，而過去原民居多，排灣和阿美都如此。布農語喜歡寫大寫，動不動字首就大寫，不像泰雅語喜歡小寫。一個說法是，只有敬稱上帝時，才用大寫。還

有，bunun 這字，很常被普遍使用，就是「人」的意思。'tayal 或 squliq 都指人，也會出現一般口語，但頻率少了些。不過，squliq 也多稱呼外人，和阿美的 tao 一樣。

期中之際，開始整理上過的幾課單字。畢竟老師是自備教材，再逐課講解。各課中的單詞，並不一定可以在「族語 E 樂園」讀得到，於是就另外摘錄備查。

miqumisang, ping'aan!	你好！平安！
uninang, ping'aan!	謝謝！平安！
mapasaduu tu isbabazbaz	問候的話語
pantu aak.	我是學生
pantu aas?	你是學生嗎？
uu. pantu aak.	是的，我是學生
sinsi aak.	我是老師
sinsi aas?	你是老師嗎？
uu. sinsi aak.	是的，我是老師
nii aak sinsi, pantu aak.	我不是老師，我是學生
nii aak pantu, sinsi aak.	我不是學生，我是老師
simaq aas?	妳是誰？
mindangkaza	請起立！
malungqua	請坐下！
tupa'a!	請說！
tan'aa!	請聽聽
saduu'a!	請看！

bazbaza!	請說啊！
siza'av!	拿啊！
tau'av!	打開啊！
sukudav!	關起來啊！
mapakuzakuza tu isbabazbaz	叫他去做事情的說詞
simaq suu ngaan?	你的名字是什麼？
tukuaq suu ngaan?	你的名字是什麼？
tupaun aak tu Ti'iang.	我被叫成 Ti'iang
ti'iang naak ngaan. Ti'iang	我的名字
ti'iang aak.	我是 Ti'iang
simaq suu tama ngaan?	你父親叫什麼名字？
tupaun naak tama ngaan tu Pima tanapima.	我的爸爸的名字被叫成 Pima
tukauq suu ngaan	妳的名字怎麼說
binanau'az aak.	我是男生
bananaz aak.	我是女生
binanau'az aam.	我們是男生
banananaz aam.	我們是女生
mananau'az a binanau'az	美麗的女生
maqaqatba' ka banananaz	強壯的男生
mapakadaidaz a banananaz siin binanau'az.	男生與女生相親相愛
binanau'az siin banananaz	女生和男生
inaak lumaq.	在我家
imita sui.	我們的錢
isuu asu'.	你的狗

imuu maduq.	你們的小米
isiata quma.	他的農地
inaita vunun.	他們的農田
ail'anakan	本來就是我的東西

　　人類的發明比傳承力量強太多了。南島語族源自同一祖先，而經過了兩千年，竟然出現千種以上互不相通的語言，太驚人！雖然可以找出一些共通詞彙，但，少之又少，也無法涵蓋所有群體。這是祖傳部分的下場，可謂慘兮兮，所剩無幾。其餘的，彼此不相通者，即為後面世代各群族人的創新所致。

　　考古學家常說 Senasay 是阿美、噶瑪蘭、巴賽、凱達格蘭等族祖先來源之地，一個有椰子樹的地方。若果如此，為何這麼多族都遷自那裡，莫非當地出了什麼大事。依照阿美族語法，Senas 是字根，Senasay 應是成為 Senas 人，或正在做 senas 的意思，例如，matoasay（老人家），即已經變成 matoas（老）的意思。那麼，senas 到底是什麼？已經變成 senasay 了？需要認真查一查。當然，senasay 的結尾 ay，也可能是指 Senas 在地人的意思，或者正在進行 senas 的人，甚至 senasay 或許是一完整獨立單詞，不可分割，也未加入任何詞綴。凡此，都是有趣的提問。目前多位學者直接以綠島相對

應 Senasay，筆者暫難認同。

布農語期末作業，TLT 老師要求 450-600 字，筆者根本寫不到 450 字，於是就中、布語並用，勉強撐到 450 字。寫的是洪水的故事讀後感想，該故事原文如下：

其二、Laningavan（洪水故事）

在很久以前，有一天，一隻大蛇堵住了海水的出口處，整個海水就往上升。那時的布農人跟其他的動物一樣，都急忙逃往高處。在逃的過程中，因為很匆忙，故族人不小心將 patasan（文字）弄丟而被水沖掉了。逃到 Usaviah（玉山）的族人雖暫時躲到了安歇處，但因為高海拔又寒冷，且沒有火種可以取暖及烹煮食物，所以感到很焦慮。忽然間，族人在遙遠的另一方山頂發現了正燃燒著的火。於是就開始議論著要如何到那山頂取火種。首先，有一隻 kukulpa（癩蝦蟆）自告奮勇的說：我去去，我會游泳。於是，他們就派那隻 kukulpa。噗通一聲，癩蝦蟆就「游」往直前。游啊游，終於游到了那山頂，也很順利地取到了火種。取到火種後，很興奮地跳到水中準備游回來，卻在入水的剎那火種熄滅了。於是很難過且失望的游回來。此時族人又開始議論著誰可以

去。這時,一隻 hanvang(水鹿)走過來,說:我去,我也會游泳,而且我頭上有長長的角,我可以將火種綁在角上游著回來。大家都覺得可行,於是就派 hanvang 過去取火種。hanvang 很順利地到達那山頂並取了火種,火種也很牢固地綁在其頭上的角。就這樣很興奮地游了回來,然在接近 Usaviah(玉山)時,突然有一陣大風吹來,捲起的浪將那綁在水鹿頭上的火種澆熄。眼見即將成功的任務被這一波浪破壞,大家都感到很難過。失望了許久,一支〔按:應為「隻」〕布農語叫 haipis(火石鳥)的鳥飛過來,就說:我去、我去。在找不到更適合的人選下,只好任 haipis 鳥過去。haipis 鳥很快地飛到了那山頂處,便以嘴部將火種啣回。由於火種很燙,在飛回的途中,時而用雙腳緊緊地抓住火種;時而用尖嘴啣著;如此嘴與腳互換著飛了回來;而終於成功地將火種取來,但也留下燒燙紅的尖嘴及雙腳。所以我們今天看到 haipis 的尖嘴及雙腳是呈紅色,就是那時候屬於族人的生存而犧牲換來的。族人為表達感激,故對此種鳥極為尊敬,也立下了不得射殺 haipis 鳥的禁忌。

過不久,有一隻大螃蟹 kakalang 出來與那隻大蛇 ivut 起大戰,kakalang 說你先咬我一口,然後再換我咬

你。於是大蛇ivut就用力地咬了kakalang，kakalang因著擁有堅硬的外殼而安然無恙。接著換大螃蟹kakalang用其其〔按：後一「其」字應為衍字〕利刃的爪往大蛇ivut的身體咬，結果大蛇ivut因為疼痛不堪而挣起逃跑。水就這樣急往下流，造成大洪水，族人從此開始下Usaviah分離居住。Bunun（人）因著該次下山後的分離，而形成了不同的Siduh（族類）。

——見海樹兒・發刺拉菲，《布農族——部落起源及部落遷移史》（臺北：行政院原住民族委員會／南投：國史館臺灣文獻館，2006年，頁85-86）

以下中文和布農族語由謝世忠／Ci'iang（旁聽）撰寫（2022年1月14日）：

◆故事摘要

1. 很久以前，大洪水逼得人類跑上山，途中丟失了文字，火種也滅了

Taikiqabasan haiza tas'a mindaing a danum, tungqabin mun-ita taungku Saviq a bunun. Munghav ku patasan i vanglaz intaa, uka sapuz amin. Tudiip nitu madaduu a bunun i ludun. Aupa uka sapuz uka qunuqunu masqun mataz amin.

2. 遠處發現有火種，癩蝦蟆和水鹿分別前往取回，卻都中途被水所打敗了。

Haiza sapuz ihaan ludun dainga, nii maqasiap mun siza a bunun. Istala namun a sizaang sapuz tu kulkupa siin qanvang. Lusqa tu uka qanaqtung kuzakuza intaa aupa haiza mindaing a danum i qamimisqang musqu' ka inama tu sapuza

3. 最後，火石鳥出動任務，終於成功地拿回了火種，人類才得以延續下去。

Tudiipin mudaanin tu haipis a luqi. Kusbai istaa mun tu ihaan ludun dainga. Haiphaipinti siza sapuz haipis aipa. Aupa mihumis a bunun i luludun.

◆閱讀心得

　　從這一則神話故事中，我注意到了，對於人類而言，文字和火可為二項與動物有所區辨的代表。惟文字

既然失落了,僅剩的火,就非常重要。

Saduu aak i mininpakaliva tu sinkuzakuza aipi, haiza dusa hiciiu qaibangsu patasan siin sapuz a bunun. Aupa uka dusa qaibangsu aipa a takilibus. Uka patasan laukapatau, aupa musqain tos'a sapuz. Min-uni hiciiu qaibangsu aipa tu bunun.

但是,人類在自然界的原始能力,仍然遠不如動物,於是,就在沒有文字而使自己較為接近大自然,從而可以與動物溝通之時間點上,陸續策動不同動物以其個別身體優勢,前往取回火種。火種取回後,人類繼續以它來稱雄世界,畢竟,其他動物都不知用火。

Lusqa matatamasaz takilibus siin mabuntas a bunun i luludun, aupa bazbaz madailaz a takilibus siin maqtu intaa a sizaang tu sapuz. Siniza ki sapuz, malputaciah saipuk Ludun-Daingaz a bunun, aupa nii ikma-ia sapuz a takilibus.

但是,人類也知道持續保護取回火種的鳥隻,因為,將來若還有類似文明斷絕的風險出現,鳥或仍可扮演挽救的重責。此外,那麼多動物之中,為何選擇

鳥？依照我的看法，其他動物的特定能力，人類也都有，而牠們去取火種的過程，正好逐一暴露出特定能力的弱點所在，那當然也是人類的弱點。於是，把會飛的鳥做為一種超人能力，並以之為師，或可為人類帶來更多的安全保障。

　　Maqtu saipuk haipis aipi a luqi a bunun, aupa mapasisdangkaz i nii madaduu luqi aipa.Lusqa mavia bunun tu maaq dau ka luqi? Maqtu mudadaan tindangkul siin lingqaul matia takilibus i luludun. Maqtu mudadaan tindangkul siin lingqaul amin a bubunun. Savaian amin muskunun a takilibus in luludun. Uka siza sapuz minsuma intaa. Paqpun asa kilim tu luqi minsuma mindangaz a bunun. Lusqa maqansiap kusbai tu luqi. Nii maqansiap kusbai a takilibus siin bunun. Mastaan makusia tas'a sinsi siin tu bunun i asang amin. Lusqa maqansiap kusbai intaa, maqtu munhaan tu mastaan asang sizaang pinqansiap. Asa tu atumashaingun tu luqi aipa a bunun.

　　事後得知，TLT 老師拿這篇作業去他校轉知學生說，有一位臺大教授努力學習布農語，考試認真，藉此鼓勵大家。聞

後，一方面頗感欣慰，卻也對作業裡的不少錯誤害羞。前幾次上課，老師提到 qaibangsu 是指東西物品。我認為應有受到閩南語影響。閩南語 gyamangsu 是戲曲中拿著打蚊束的神仙。神仙可以變出各種東西，所以用 qaibangsu 來指涉物質用品。這些物質用品對布農族人而言都很新奇，而且可以在戲曲上看到神仙變出來，於是就以此表之。老師覺得此說有意思。

　　同時照顧四種族語，的確不容易，多下工夫於某一種，其餘就會生疏掉了。只好繼續精進，看看哪一天，或許是通過中高級之後，各個語言都可自然使用。

　　布農語中級考試還沒放榜時，很急著想知道成績，因為自己覺得還不錯。等呀等，終於收到成績，聽力滿分 60 分，口說 40 分卻只得到 9 分，總分縱使 69 分，已經過 60 分了，也不通過。很驚訝，也頗失望。申請複查結果，也是無誤。真是踢到鐵板。我在想為什麼。一方面自己未發揮實力是其一，另外，丹群發音較特別，我是否沒能發很正確。還是，考丹群人少，改卷者就特別仔細嚴格？TLT 老師沒問我考試情況，他大概不很重視我們這班的參與考試情形。不過，此次失敗，打亂我的考試規劃。話雖如此，4 月泰雅語中級，12 月阿美語中高，仍會如期報考。

　　TLT 老師這學期都是 9:30 一開講，就直到 12:00，沒下

課，也沒給時間發問。我幾次想問，怕耽誤同學下課時間而作罷。老師自己說他很享受講解，而我們應該也很享受聽課。只是，我看學生都累壞了。他是以研究的態度在講課，很少語言的學習課如此做法，畢竟，教師可能完全不知學生學到什麼。

語言的比較，陸續會於課程中出現。有次上課提到 aam 是稀飯糊粥狀。而，臺語稀飯稀稀的，也叫做 aam，會否有關係？另外，余老師提到 qadav 是乾旱，但，字根何來不知。我說，排灣語太陽為 qadaw，有否可能相關。也就是，可能太陽有分別善惡，就和布農族人相信肩膀兩邊各管善惡一方一樣？每次有類此較比思索的情境，就感到振奮。

有次跟李慧慧博士講個笑話。布農語 TLT 老師 4/29 上課時，直接講「射日神話下集」。課後，我寫信跟他說，「『上集』還沒講過呢」。結果，他竟回說「『下集』還沒講？那 5/13 補講」。我看了，嚇一跳，趕緊立即回信說「是『上集』還沒講，『下集』4/29 已經講過，5/13 應該講『上集』」。他沒再回信給我。結果前天 5/13，一打開課程檔案，老師一開口：「有同學反映，『射日神話下集』還沒講，所以，我們今日講『下集』。我差點沒昏倒。他又重新講一次『下集』，而且是新講課，不是 4/29 的錄音檔拿來放。我一氣之下，不僅沒聽課，也不再寫信告訴他。

TLT 老師曾介紹一則布農族是狗和人通婚後代的來源傳說。筆者先是課上簡單和他討論此事。課後，立即寫信給他：

TLT 老師：

剛剛上完狗變成人故事的課堂，感謝您！依照我的理解，關於狗與人成婚的神話，在中國西南和東南的少數民族裡，不少族群有類似故事，例如廣西壯族、廣東瑤族和福建畬族。人類學者多認為那均源自同一個母題，然後各族各地會稍有變化。中國各族說法多為狗本身和公主結婚而繁衍後代，而不是狗變成人，再與公主完婚。所以，布農族的內容與眾不同。我的想法是，當年國共內戰，有不少原民青年被徵召到大陸作戰，後來留下來沒回臺灣。他們成了住在大陸地區的「高山族」，於是中國就藉此宣稱「高山族」分布於臺灣和福建，以此來證明兩地相連。在此一背景下，不無可能中國官學兩棲人士遇到留置於大陸的布農族人，然後為其製造一個證明兩地相連的神話，只是當時的布農族人堅持必須先變成人，才能與偉大領袖女兒通婚，於是布農人源自大陸神話就此出現，也陸續影響到臺灣。畢竟，擁有此一狗人通婚神話故事的少數民族和臺灣原住民族都屬於南方

民族,因此,很可以多多製造同一神話,然後宣稱是一種南方區域共同的文化源頭。以上請老師參考。

世忠

不久,即收到回信:

可敬的謝教授平安,感謝你給我的所見。曾經也有族人和我討論類似的論點,確有高雄陳姓郡群布農族人戰後留置內地,進入少數民族委員會從事布嫩族相關之研究。可是,據傳田調或口傳或撰寫此神話故事者,卻是居住在南投信義鄉(mai'asang)的族人。後來,再由我將之引進到全國丹群布農族語朗讀競賽的殿堂上,因此更有意思了。總之,任何見地都是可能的,如果此一神話故事可以彼此吸引,光大彼此的善意,建立源自真善美的文藝素材,供人們饗宴。個人認為任何的批判就微不足道了。祝你們健康平安,並向夫人致母親節快樂!

對此,筆者寫給李慧慧博士。

中國西南少數民族的狗解決了皇帝難題，從而娶皇帝之女的故事：

1. 狗＋公主＝瑤族和畬族的來源
2. 瑤族是半狗半人，而漢族是人，狗前者位階低於主人後者，表示漢族統治現況事實的認可（瑤族輸）
3. 但是，雖然是狗的後裔，卻擁有帝王血統，所以，民族本身優於一般沒帝王血統的漢族平民（瑤族贏）
4. 瑤族和畬族均崇拜狗，狗祖先名為盤弧，後世影響就是中國盤古開天的盤古原初意象（瑤族贏）
5. 瑤族在歷史上曾長期免繳交賦稅，也不必負擔傜役（人力派遣），就是靠著有帝王血統神話，唬過了官府（瑤族贏）
6. 瑤族除此之外，更信奉道教，進一步鬆解了帝國統治的戒心，認為他們很歸順，快速同化。其實才沒。瑤族將道教漢文經書交付極少數道士，而絕大多數族人則堅持自己的盤弧與祖神信仰，在此等傳統宗教裡，只能使用瑤語（瑤族贏）
7. 在華夏帝國環伺下，瑤族發展出狗與公主神話，表面上被統治，其實贏面居多，很可以理解。但，布農族單單一個狗變成人神話，則完全無任何可供解釋

的道理（原住民族這麼多族，沒有其他有類似神話者，不讓人高度懷疑它的虛構性嗎？），還說，狗變成人，娶了頭目之女，然後就跨海來臺。這完全是中國觀點看臺灣，以為只是一個小島，一個小點。跨海來臺之後就自動變成居於 2,000 公尺高山的布農族。簡直不可理喻。可惜的是，這些 TLT 老師通通不知。他只知藝文分享。

學族語可以對話文化，很有意思。以上是學習布農語過程的插曲。

從 4/22 開始遠距上課，4/29、5/6、5/13 都是。還剩二、三次上課，大概無望回到教室。我的阿美（文學院 17 教室）、泰雅（普通大樓 306 教室）、排灣（人類學系館 308 和文學院 307 教室）、布農（文學院 18 教室）等 2018 至 2022 四年族語課堂已然告終。回憶有很多美好，學習缺點而需要自我改進者更多。

寄出了布農語期末作業，正式宣告臺大四年阿美、泰雅、排灣、布農等四個族語學習計畫的完成。在將近一千五百個日子中，當然，布農族語中級認證的未能過關，是有美中不

足，但，或許它正是一項更大推力的開端訊息（果然，2023第二次報考，就順利通過了）。我很愛族語，不想上完課就忘卻，一定更精進學習。人類學家謝教授要與眾不同，那是一份對臺灣難以言說的敬重心情。

時間真的很快，一下子。先是 2018-2019 阿美語在「文16」教室，再來是 2019-2020 泰雅語在普通大樓兩間教室，接著是排灣語 2020-2021 先在系館 308 室，後換到「文17」教室，最後布農語在「文18」教室。排灣和布農的下學期後半段都改採網路音檔教學。泰雅語有幾次差一點也是這樣，幸好都撐到底。我有號召學生簽名卡片感謝老師的習慣，自己也會送禮物。但，排灣和布農等等不到實體的最後堂課，禮物就省下了。我的目標是中高級通過，所以，未來幾年還有的忙的。規劃 2022 年底先阿美語。其實，布農語因為 2021 年底中級未過，所以感到好像學的最差，記不住太多單字，當然，老師沒有積極鼓勵學生去考，也是因素。筆者不太了解，「族語 E 樂園」裡很多 TLT 老師的聲音，但，他為何不鼓勵大家去考呢？也從沒要學生參考 E-樂園（泰雅語 YSC 老師也是「族語 E 樂園」的主要發音人，但，同樣多次告知修課學生應留意該學習平台的錯誤百出）。有布農族前輩跟我說，大家覺得 TLT 教得不好。我問，他們有上過課嗎？他回說，當然有。不過，我

高度懷疑。一切都是 TLT 撈過界，巒群的人竟然來當丹群語言的老師，孰可忍啊！這是原住民各族各群之間普遍的大問題，其中資源控制與競爭激烈問題頗為嚴肅。

　　TLT 老師說過不曉得為何布農人要稱呼錢幣為 sui，和閩南語的美麗完全一樣發音。昨天在唸讀布農語之時，突然想到，這個 sui 的相對就是 bai，美與醜，而布農語祖母叫做 bai，難道其中有詭異？會不會是當年漢人欺負布農人，因為金錢萬能所以很美，而老太婆叫做 bai。當時或許布農人不知道 bai 之原意，只知道資源雄厚的漢人指著老太婆說 bai。於是，從此祖母之輩就被稱為 bai 了。祖父稱為 aki，是標準南島族系尊長的稱名，沒問題，泰雅族稱祖母為 yaki，也是同源字詞。這個 bai 完全沒有南島文化的影子在內，令人費解。

PART II

「族語人類學」的文化嚮望

看到標題，或許引來疑惑，因為教科書上根本沒有過此一怪怪人類學分科。筆者人類學專業，遇到人群的聚合、聚會、聚餐、聚集、聚散等等類團體的動態景象，都很感興趣，因為那正是文化源起的第一步。

人類群體建置，之後價值觀形成，大家維繫或遵行或者改變等等，就是在演著一齣文化生活與文化變遷劇碼。族語不會僅是語言學習，它的情境必須由人來組構界定，參與其中者有血有肉，語言詞彙本身也是因為有人才有其意義。於是，從族語角度出發，嘗試著推演此一複體脈絡內的種種事物，一方面有想像力的訓練，另一方面也提供了學習聽說讀寫之外的文化詮釋知識或推動遐想。大家趣味讀之，也可嚴謹論評。

簡單說，人類學使用「族群」，意指該人群界域並沒有固定鐵律，可以專一，也能轉換二可，所以，文化分析是為主角，而非在意一個「族」的完好。反之，民族學堅持「民族」，講究一個完整無缺的民族單位，由民族自我角色出發，才是重點。

本書第二部份嘗試以「族語人類學」為題為內容，而第三部分則敘述「族語民族學」的所指。人類學有著文化嚮望的需求，而民族學則揭舉壯大我族。

阿美語的簡難體驗

　　正式學了四個族語，到底學到多少，或者說，有何新語言上身的心得，總應在此簡略報告。不過，必須申明的是，本書本章包括如下四章，並非教材學習資料，也就是說，不能依此來做為學語言的藍本。筆者多次強調，這不是族語教科書，從而只是一名老學生的初步學習認識，期待著和也在學習中的同學切磋。筆者將四個族語各自類分成十項學習心得。當然，它與語言整體的介紹差距甚遠，僅係註記一名人類學者草成部分自我印象深刻者，其中或可攀附些許文化分析。

❶ d 很難發音

　　阿美語常常被傳說較為簡單，背得住幾百個單詞，就可應付。但，真正情況才不是這樣。單單是單字字母，就有很難發出正確音的 d。d 不是 [t / 的]，也非 [ze / 熱]，它是介於 [te] 與 [ze] 之間的舌頭接近頂住上顎位置的氣音，有點接近中文的「社」音。有的專家說，從臺東算起，有越往北越像 [te] 音的趨勢。但是，一般來說，不論何處，只要有唸出 [te] 者，必定有人會出面糾正。現在族語學習雖不算熱門，但也應是一個

小型的潮流，因此，阿美語的此一發音特點，早就有一些族語實力不差族人，在正式或非正式場合，拿來即席考試或者娛樂用，唸正確的有獎等等。筆者阿美語課堂上，只要聽寫考試，老師唸的詞彙句子有 d 的音，就很難辨識出正確的字，何況若該字同時有彈舌的 r 音（如 romadiw [唱歌]），以及喉塞擦音的 ' 或 ^ 音（如 padama' [幫忙] 或 fa^det [熱]），那聽者當更是慘兮兮。足見我們耳朵深度適應了自己母語以及或許也包括英語，因此，對於陌生發音是多麼地抵制啊！筆者經過數個月的努力矯正，d 的音字，終於勉強及格。

臺灣人唸英文，常常唸不出 [æ] 的音，始終就是只會唸 [e]，所以，[apple] 永遠都是 [epple]，而不是正確的 [æpple]，英美人士聞之也都霧煞煞。筆者常建議若真的唸不了 [æ]，與其老是 [epple]，還不如讀 [a]，變成 [apple]。[a] 比 [e] 更接近 [æ]。不過，阿美語的 d，初學者或年輕人唸不準，這下可沒其他音可以代替或者充數了，只能乖乖用心，指日可待。偏偏有 d 的阿美字詞，例如 demak（事情、工作）、folad（月亮、年月日的月）、radiw（唱歌）、dafak（早上）、pida^（錢）、'orad（雨）等等，多屬重要常用單字，天天出現日常左右，閃避不得。

❷ mi 與 ma 的雙關鍵動詞詞綴

　　開始學習南島語，很快就會被老師引導認識詞綴，通常都有前綴、中綴、後綴。各類詞綴加上來，林林總總可以讓一個單純詞根，變得多采多姿。不過，這份五光十色的詞綴舞碼，卻是初學者的最大挑戰，也就是似乎永遠弄不清何時應該擺上哪一個詞綴。很想好好理解各綴出現的道理，卻也不得不死死給它背起來，考試可以過關就罷。問題是，考完試的當日稍晚時分，立刻又忘得一乾二淨。有天，突然猛想，詞綴早就在數十年前看過了啊！那就是英文。英文字 agree 是字根，它的加綴之後，至少可以有 agreement, agreed, disagree 等等，又如 function 的加綴，可有 functioned, functional, dyfunction 等等，再如 complete 則有 completed, completeness, incomplete 等。英文老師從未說過，這些等等就是詞綴。英文的此等詞綴是否就等同於南島語的詞綴作用，語言學自有說法，不過，從一個初學者角度來看，的確可以相比擬，然後有助於自己的理解，畢竟，詞綴一上，就是字詞屬性改變的一刻，英語與南島語皆然。至於中文呢？其實，中文有木，有林，更有森。這三字是加上木的字綴之後，意義立即升等，頗類似於其他語言詞綴的效應。這些問題，的確有趣，初學者以此想像，就不會害

怕新語言很難了。

　　上阿美語課程，大概前面幾堂課，就會聽到老師提及名詞加上前綴 mi 或者 ma 的不同使用場合。印象裡，幾乎任何名詞都有機會被加上 mi 或 ma，然後屬性立即轉變成動詞，加 mi 就是正在作用或施行動作的情形，而加 ma 則是已經被作用或動作的情況，前者類似現在式或現在進行式，而後者則接近完成式或已經被做了的狀況。有時候友人聊天，不自覺講到原民話題，只要有宣稱自己阿美語造詣不差之個性主動者，必會說到 mi 與 ma 的區別特質，足見 mi 與 ma 實擁有關鍵前綴之地位。但是，界定二者之別，論說一下，好像一清二楚了，實際上，口語表達或書寫文字，都是高難度。foting 是「魚」，mifoting 是「捕魚」，那有沒有 mafoting 呢？理論上似乎應該有，但，就是少聽過有此用法 o foting koni mafotingay to ko widang ako（這條是已經被我朋友抓到的魚），語意和文法好像都通，但，總覺得怪怪。總之，不是有 mi 就有 ma，還是必須依照字根的本意出發，來尋求加綴後的正確意思。

❸ pi 與 sa 的次要動詞詞綴

　　前面說過，總有好事者宣稱自己懂阿美語，然後拿出的證據就是 mi 和 ma 的認知。的確，這也沒錯，但，真正理由

恐怕是，自己所知太有限，只好強調 mi 與 ma 的代表性，而不知尚有其他多個綴詞，它們也是精采多端。mi 與 ma 是關鍵者，那麼其餘均可謂次要者。不過，這或有主觀意識，畢竟我們華文文化承載者，當然選擇最合於自己母語語法慣習的 mi 與 ma，從而自動忽略其他前綴諸如 pi、pa、sa、ta、ci 等等，更遑論尚有中綴 om 和後綴 en、an、ay 等。pi 與 sa 這些非 mi 和 ma 之詞綴，似乎出現頻率低於 mi 與 ma，因此就位居第二，但是，此時必有族語教師跑出來反對說，是依照直述句、疑問句，否定句或命令句等等之需，而使用不同詞綴加碼，哪有所謂主要次要詞綴啊！筆者接受批評。在此，其實就是表達作為學習者的一種直接感覺，然後，自認掌握了關鍵詞綴，信心建立，對於其餘詞綴的理解，可以事半功倍。

前面有提到 foting 和 mi-foting。現在加上 sa，變成 mi-sa-foting，意思是「養魚」。hacol 是「奶」，現在通用稱呼「牛奶」，而 mihacol 是「喝牛奶」，那麼，mi-sa-hacol 是什麼？最接近的意思應該類似將牛奶存放起來，像放進去冰箱冰的動作之類的。pi-foting 一般就是指「去撈魚」，而且是傾向集體一起去捕撈，也就是 pi 有「往外去做此事」的意涵。據此，pi-hacol 就是「去喝牛奶」，而 pi-sa-hacol-an 則意為「去到存放很多牛奶的地方」，也就是牧場或販賣牛奶的市場，前面再

加上 tata'ang，或可理解成「大型的市場」。事實上，阿美語也在與時俱進，它會配合社會發展，以組合字根與詞綴方式，來找出最契合當代生活各個要素的族語說法。此時，詞綴的靈活應用就愈顯重要，尤其若不願總是使用外來語，那各類創字既然合於傳統，應會更受到大家矚目。老師多稱呼 sinsi，但，這是日語採借，於是，新創造出的族語為 pi-codad-ay，其中 codad 為「書本」，係自傳統「圖樣」意涵的詞根先挪用，再配上 pi 與 ay。與其相對的「學生」就稱 mi-codad-ay。

❹ 動詞＋主語＋受詞的典型直述句句法

臺灣多數人華文是母語之一，然後再學英文。華文的主詞＋動詞＋受詞結構，當是表達句子的基本邏輯，例如，我（主詞）＋喜歡（動詞）＋妳（受詞）。習於此的人在學英語之時，必然對同等語法結構的表意，特別易懂，英文就是 I（subject）＋like（verb）＋you（object）。接著，雙管熟悉之後，再來學原民阿美族語，情況會如何，令人好奇。前幾次上課，老師一定會介紹被認為最基本也最簡單的主述句法，結果語法順序是動詞＋主詞＋受詞。我喜歡妳要說成 maolah kako a kisowanan。初學者當然很不習慣，動詞為什麼會擺在最前頭？這是整個南島語的共同特點，對於一向以主詞掛帥的華／英文說話者，真

感到古怪難學。動詞就是表達動態、行動、執行等等之意思。怎麼會人事時地物是什麼都未可知，就先跑出特定動搖移出的意念？難道，對於南島語共同祖先時代來說，當時的動身出發，是一極其關鍵甚至關乎生死存亡的作為，因此，非得表達出必須行走出外等態度，並以此來建置共識或認同的心境？筆者不甘只是接受知道此一阿美語與所有南島語特質，還很想了解語言屬性的源頭因素。當然，此一推測不求馬上獲得支持響應，卻仍想呼籲大家多發揮探索精神，其中有趣且深具意義的課題真的很多。

雖然動詞居前是一大亮點，但也是一大難題，不過，多數人學習之後，多半也能慢慢習慣，而且將理解到，阿美語還有更複雜多樣的表意模式，它們可不像直述句那樣的單純明瞭。被動說法的阿美語，好似更常為人所用。習慣直述句的華／英文人士，可能皺著眉頭問到，直直白白不說，為何反向被動繞個不停？反向被動說法之時，動詞主詞受詞的型態也就改變了，然後學習者被迫不得不必須強記那些變化詞彙。其實，相較於華文，英文的被動語氣也不少，個人主義傳統在被動態勢下，必有其不得不然退縮自我的理由，值得進一步解析。那麼，阿美語呢？當一個人說 mi-ala kako to koni pida^（我拿這筆錢），與 ma-ala-en no mako koni a pida^（這筆錢被我拿），

是表達同樣意思嗎？整個情境脈絡當然是決定講哪一句的時機，只是，後者說法常常出現於敘事傳說故事裡，代表傳統時代的被動語態社會生活頗為密集，那麼，又可能是哪一原因所致？與南島語族祖輩面對環境壓力狀態有關嗎？也就是說，現實情境常常需要人們不得不去做一件事，那並非自我意志的行動，所以才多以被動式表意。筆者仍在推敲中。

❺ 以 o 來帶出所特別關注的受詞對象

被專人整理出來的常見句型，除了動詞居首的標準型之外，還有以 o 領頭的強調特定對象之表達法。也就是說，若欲對某一人事時地物專門引介，即可使用此一句法。o kora a fafahiyan, maala'en no mako ko codad.（拿我書的人，就是那位女士啦！）o widawidang koni ako anini, tatayra to picodadan mapolong.（今天我這些朋友啊，全部都去學校了。）此時原本站穩句首的動詞如 maala'en 或 tatayra，均退居次位。筆者學習過程，知道有此用法，喜出望外，因為終於動詞不必當前了。當講出一長串話語的時候，我們這種不習慣動詞當頭的人，常常會誤聽將動詞當作前一句話的一部分，哪知它事實上是正開引出一個新句子呢。所以，o 領導的句子，很感親切，老師考試要求寫出短文，索性就全部給他這種句型，結果滿文

只見 oooo 的面貌。

　　對於 o 引導的句子，會感到親切，主要應是華語也有類似的用法。例如，就這位先生嘛……，或者關於明天電視氣象預報的好天氣嘛，……。阿美語就是 o fayinayan koni, ……以及 o fangcalay a kakarayan anocila ko sowal no tilivi, ……。華語在表達相關話語之時，也不是一下子主詞就在排頭，反而是待此一關於或有關等等的子句說完了，才會現出主語在前之如「他是我的朋友」或「我將出門去玩」等主句。所以，一個語言的表意，依照情境所需，必定有多種形式，但，人類互動往來或建立關係過程，總會遇上類似的情境，而此等情境正是超越不同語言的世界。主詞＋動詞模式的華語，遇上動詞＋主語的南島阿美語，竟均有著如此相近之打破主宰模式的言語表達方式，著實感到高興，因為它又使初學者如我多建立了一份信心。

❻ to 與 a 以及 ci 或 ca 與 no 或 ni

　　阿美語有二大需要說 to 的時機，其一是，表達已經做到了之意，例如，ma'orad to，'orad 是「雨」，前面先是 ma 的詞綴，那是表示「事情完了或已然出現」的前奏，聽到有 ma，就會跑出一個類似知悉此事已是完整的提醒，主語 'orad 出現後，再來一個 to，整句更加完全，說者或聽者不會再有

任何疑問事情發生與否。日常生活的語言談話，此類 to 幾乎句句出現，所以，不懂族語的人，或許也能清晰聽到不斷 to to to 的表意。對筆者這種初學者來說，有此一 to 的大力提示，的確是一項福音，畢竟，聽到了 to，大概就知道應該是一句話結束了，或者說，講話者已經報導了一件事情的完結，聽者也因此心定了不少。to 的另外一用法是類似英文的及物動詞後面以 to 來連接受詞。komaen kako to titi^ koni（我吃這塊肉）。族語老師常常會以介係詞來解釋 to 的用法。

　　to 不單具有介係詞功能，它其實也是一種連接詞。不過，談起連接詞，阿美語的 a 才是最典型者。o kohetingay a tamahong kora tada-lipahak kako.（那頂黑色的帽子，我很喜歡。）講話時，以 a 來連結黑色與帽子，使其可以成為一個可被理解的語詞。初學者偶會弄混淆了 to 與 a，到底何時應該 a，哪個時候又必須是 to，只能靠經驗來解決困擾了。不過，有此等連接詞的幫忙，我們才能在支支吾吾說話時，不時說出 a 或甚至 to，然後就此暫停一下，緩和心情，想想下一個字。於是，初學者如筆者之類者，總是 a a to to 的，也就見怪不怪了。

　　幾乎所有語言都有表達複數的方式。我們華語說得自然習慣，沒甚感覺，直到學習英語之時，才首次從老師或書本那邊，得到複數此一名稱。複數，顧名思義，應該不難理解，英

文的基本模式，就是名詞後頭加一個 s。但是，我們總想問，已經有了前面的複詞，如 many 或 a lot，後頭的名詞不加上 s，也可有效表示多數的意思，所以，那 s 根本多此一舉。是這樣子的嗎？當然，初學者的問題百種，問出這個，也蠻合理的。只是，並不是每一次都有 many 或 a lot 相隨，此時的 s，顯然有必要。華語的「們」字一出現，如我們或學生們，就知道是在講多個人，而此一「們」字和英語的 s，頗見異曲同工之勢。阿美語一定會學到 ci 與 ca，前者指「單一個人」，後者表示「多人」，如 ci ina 是「媽媽」，ca ina 則是「眾媽媽們」，ca ina'an 則是「眾媽媽們那邊」。至於所有格表達方式，則有 no 與 ni 之別。pida^ no picodadan kora（學校的錢）。pida^ ni mama ako（我父親的錢）。也就是 ni 後面一定是接上人的指涉，而 no 則接事物，但，也有見著後面接人的用法，不確定是否為近現代的轉變使然。

❼ 人與非人的說詞區辨

英語不分人類與動物，第三人稱代名詞 they，也適用於動物，所以，所謂的人稱代名詞，或許應改為萬物代名詞，比較合乎實情。華文多有以人字旁的「他」來構詞指涉人，而第三人稱的他，若是在說動物，就必須寫成「牠」，縱使唸法還

是一樣。阿美語的代名詞也和英語相同，萬物皆通。在神話傳說故事裡，多有人與動物充分對話的場景，你我他都共用，大家同處一個世界。但是，該語言巧妙地在表達數量之時，以 adihay 與 'aloman 二字，來區辨非人與人的差異。adihay a waco（很多狗）。'alomanay a tamdaw i loma ako（有很多人在我家）。adihay 絕對不得用於指稱人，但，偶有見過犬隻使用 'aloman 的，到底是人與非人，還是那些與人生活一起的豢養動物，也可被視作人？或者，那是當代演變的用法，也就是貓狗已是自己家人了，尚待進一步釐清。有趣的是，只有指涉籠統多數之時，才要做出區別，若只是單一或精準數字個體，則數詞大家都一樣，cecay a tao（一個外人），以及 cecay a ngyao（一隻貓）。

問數量多少的 pina 一字，若是問到人，則要使用 papina。pina to ko pida^ i loma ningra i matini?（目前在他家裡有多少錢？）papina to ko tamdaw i picodadan ni kaka?（哥哥的學校有多少人？）為何籠統的數量，以及詢問多少的問詞需要區分人與非人？這是有趣的提問，族語老師並未給予答案。筆者推想，傳統時代人與家畜都在一個屋子上下生活，吃的食物多數共享。此時，大家一方面是一家人，休戚與共，另一方面，資源上彼此卻也是競爭者，畢竟，食物用水同源同款，在涉及

生存關鍵之際,必須有所分辨,才能凸顯同一家裡的人正是掌權者或資源控制者。'alomanay a tamdaw(許多人),代表著一個正面訊息,族群延續藉此獲得保障,也多了工作人力,但是,消耗的食物卻也同時增多。於是,adihay a fafoy 或 adihay a'ayam(很多豬隻和雞隻),必定與人爭食,所以,控制好家畜數量是一大學問。總之,每當有聽聞以 adihay 說明家畜家禽景況時,就必須警覺了,因為他們的大量牲口已漸漸威脅到居家族人了。

❽ 外來語不在少數

原民族語教師與教材,凡有提及外來語者,百分百就是日語、華語、福佬臺語或客語的影響。那麼,各個原民族語之間的傳播採借,是否也可能造成外來語現象?或者說,到底南島語彼此的語言關係,可稱作外來語嗎?還是僅僅只是同一個大語族的演化過程而已?這點語言學者似乎尚未給個明確回答,因此,我們在臺灣也難以見到討論不同族語間的優勢影響情形。甚至,單單阿美語如南勢、秀姑巒、海岸、臺東、屏東等等地方的不同方言間,會否一個借來另一個的景況,也是不曉答案,足見值得進一步探討之課題仍多。

回到典型日、中、臺、客等四個來源的外來語,阿美語

可以找到不少。事實上，近現代國家帶進來的制度範疇如教育、經濟、政治、交通等等，幾乎高比率必須仰賴外來語，才得以有效說明。一開始是日語，接續有華語，而臺語和客語則是生活接觸的需求所致。faso（汽車）和 hikoki（飛機）是最普遍的交通用具，而「火車」cinamalay 則直接從「火」的阿美語 namal 作為字根造出新字。tayring（警察）得自「大人」的用詞，有日語和華語雙重採借跡象。一般稱「福佬臺灣人」為 payrang，惟也有使用 taywan 一字者。「外省人」holam 取自華語「湖南」一詞。sinsi 與 seto（老師與學生），完全是日語。現在則鼓勵大家使用 picodaday 與 micodaday 兩個新詞，codad 是「書本」，pi 詞綴有給予或者授予之意，mi 則是「正在」，「正在讀書的人」。empic（筆），來自臺語的「鉛筆」。「金錢」payso 即是西班牙「披索」的翻譯。isin（醫生）和 kangkofo（護士／看顧婦），也是來自日語。最典型的借用親屬稱謂就是 akong 和 ama（祖父母），最主要是阿美族語最高親屬位階只到 faki 和 fayi（伯父、伯母），只有借來他詞，才能對應當代國家社會生活之需求。總之，外來語多能讓人會心一笑，也見證了族群關係歷史轉動的現況。

❾ 近海生活詞彙較完整

初學者很快就會唸到 foting（魚），筆者後來也自取阿美族名字為此。為何取名 foting？因為喜歡釣魚（mifoting），自然就成了 mifotingay（魚夫）。阿美族部落多鄰海，因此熟悉海岸生物，水中與水邊皆然，也就造成相關族語的豐富。九階教材（現已增添為十二階）的第五階第九和第十課，也就是相當於族語老師認定的國中程度，即專門介紹 kalang（螃蟹）、kafos 或 afar（蝦）、tamina^（船）、以及 riyar（海）等等。過去課文還有如 tafokod（八卦網）、cadiway（三角網）等多種補網的名詞介紹，現在似乎都刪去了。或許認為當代社會裡，那些古老抓魚方式已近絕響，今天年輕人應該學習現代化之後的生活詞彙。

阿美族人遷居都市周遭，多喜歡於水邊建立聚落。基隆和平島與八斗子漁港是大型聚落。另外，新店的溪州部落、三峽三鶯部落，以及大溪的瑞興國宅、崁津部落、撒爾瓦茲部落等也都是例子。來臺北唸書或工作的族人，假日更常結伴至溪流河海邊抓撈魚蝦。每回有慶典活動，總能看到許多擺攤，販賣著大家喜愛的水中美食如炸花枝、烤飛魚（kakahong）、生蠔、川燙白蝦、醃蜆仔、燒酒螺（karo'oday）、炒毛蟹

（kahemid）、炒白蛤（fidac）、蒜味海菜等等。攤位中，總會看到部分商家以中文或羅馬字母拼寫海味的族稱，如 cekiw（貝類）、foting（魚）、醃阿力畢（'adipit，海螺的一種）、古浪湯、古思尼等等。雖然族語標準書寫系統已經公告了近二十年，現場攤位有正確使用者，仍極其少見，足見縱使年年通過認證者眾，需要實務運用時，卻往往施不上力。中文隨意拼寫，好似容易得多，客人至少觀之也能讀唸。

❿ 野菜名稱頗多樣

　　阿美族野菜世界的豐沛多元，舉島皆知。原民間會互相調侃，擅長烤肉的鄒族笑阿美族只會吃草，反之，阿美族搖頭鄒族竟然對海味鮮品一無所知。阿美族的確先天獨厚，不只近海鄰河，水中營養食物可以享有，住在平地緩坡，各樣可食植物知識充分，料理手藝高，此外，還有獵人入山取得獸肉，等於是海、山、陸三品皆具。初學者在教材裡大致可以讀到如 dateng（蔬菜）、kalitang（豆莢）、dongac（藤心）、lokot（山蘇）、tatokem（龍葵）等基本詞彙，但，尚有超級多的各類園地或野外食蔬，各享其名，那是高級以上的人才專有知識。桃園市原住民族部落大學出版之鄭秋梅、卓文慧、李美莉、林佑洵等所編著的《阿美族語對採集／捕撈知識的分類與詮釋》

（2023）一書，頁 13-17 提供了不少專詞，包括 tadakakorot（野生小苦瓜或輪胎苦瓜）、tayalin（苦茄）、liwid（構樹花）、kopid（地瓜葉）、tana'（刺蔥）、komi'ot（佛手瓜）、talacay（林投果）、sokoy（木鱉果）、kolang（長年菜）、yacopel（秋葵）、paheko（過貓）等等。

　　阿美族人一定要在水邊河岸落居，那是有道理的，因為，總可以在附近找到上述諸類野菜，或者開闢菜園種下自花東家鄉拿來的種子。不少原民開的餐廳，喜歡命名為 talo'an。該字原意是「工寮」或「獵寮」，而事實上，族人多是 talo'an 與 loma 家二者一起搭建，後者人住，前者則有一大片地即野菜的園地。有時候，正式房子尚未蓋妥，人們住進 talo'an 也都很感舒暢適意。有部分大學甚至與原民學生共同於校園內以 talo'an 為名，組建起類似文化村之傳統屋舍與工作房，以便戶外教學或鼓勵學習者揣摩傳統部落氛圍。當然，其中也會栽種些許作物，在此，族語亦為當然習得的知識。

泰雅語的初登踏板

筆者接近完成阿美語一年課程之際，臺大的下年度泰雅語開課傳出問題，主要是預備開課的老師不慎於山中跌成重傷，恐難復原。筆者曾與負責課務行政的教授商議，除了持續推薦其他泰雅語教師之外，也可以考慮備案，也就是阿美語繼續開授第二年進階版。後來，聯繫幾位可能的泰雅語專家，都未果邀成，直到最後一刻，才由語言學者方面商得一位老師前來授課。筆者當時心情兩難，一方面很希望阿美語可以精進，另一方面更期盼學習泰雅語，畢竟那是自己多年學習不同族語的夢想。此外，筆者的泰雅族友人特別多，也很希望將來可以用族語彼此講個兩句。確定泰雅語有老師了，還是歡天喜地。這個語言一接觸就感到特別，發音方式和表意模樣，均可直接連上老照片上的族人眼神以及當下的生活處境。那就是一種神勇的氣質，也具備深山林內急行軍奉行 gaga 規範的日常行為。

❶ 與眾不同的數字說法

數字從 1 到 10，是最基本的量詞，也最容易被多個互有物質交易或資源交換的語言群體共享。華語、臺語、日語、

泰語分別是橫跨萬把公里甚至隔海大山之多個群體的母語，但，它們的數詞很接近。例如，泰語 neon song sam si ha hok ce pe kao sip 像極臺語的 ci neon sa-ng si go la chi puy kao cap。臺灣原住民族語言屬於南島語族，這是當下的普通常識。那麼，都屬同一語族，又有何直接又簡明的證據？那就是數詞了。各方媒體新聞或社會場合，常會有舉出特定共通詞彙，來陳述你我一家人的意見。其中以數詞5，最被青睞為典例：

數字	阿美語	排灣語	布農語	泰雅語
1	cecay	ita	tas'a	qutux
2	tosa	drusa	dusa	sazing
3	tolo	tjelu	tau	cyugal
4	sapat	sepatj	paat	payat
5	lima	lima	hima	zmagal
6	enem	unem	nuum	mtzyu'
7	pito	pitju	pitu	mpitu'
8	falo	alu	vau	mspat
9	siwa	siva	siva	mqeru'
10	polo'	tapuluq	mas'an	mopuw

果然阿美、排灣和布農的5都是 lima 或 hima，大家顯然是同門出身。但，泰雅呢，他的5是 zmagal，與眾不同。初學之際，真的會自動把泰雅列為特殊南島群群，然後就想到早

期學者提出之泰雅族較為原初之理論。原初之意思，就是少與外界往來，自我特化，或者不知道大世界的發展，例如，各群都使用陶器了，該族還不知悉相關知識技術。各族以共通數詞往來的時候，泰雅自己演化，從而使得溝通交往的數詞利器，也沒有上場立功的契機。

不過，上述此說仍有疑點。各族的 lima 也是手的意思，因為張開手，五根手指頭，5 與手同義。同樣地，泰雅語的 magal 是 5 也是手。雖然 lima 與 magal 二字有異，但，大家 5 等同於手的原始意念是一樣的。此外，50 為 mzimal。zimal 與 lima 音接近，一個是 50，一個為其他族的 5，很可能各方還是以 lima 為中心來進行後天的演化，如此一來，泰雅也就沒那麼不同於其他族了。

❷ lokah 與 lawkah 之爭

各族的問候語中，至少在慶典活動場合，較常被說出者有二，其一是阿美語的 nga'ay ho, salikaka mapolong（兄弟姊妹大家好），其二是泰雅語的 lokah simu kwara'（你們好）。阿美語為何唸出兄弟姊妹，而泰雅語不從之？這有趣。筆者的看法是，因為 salikaka 唸起來順口簡單。泰雅語的「兄弟姊妹」是 qbsuzyan ru sswe' 或者可以統一稱 mtswe'。但，就是

沒見過公開場合，有人如此稱呼大眾，是唸起來不順口，還是泰雅族人不習慣？值得探討。不過，至少若欲由非泰雅族人順暢唸出 qbsuzyan ru sswe'，大概很難。mtswe' 比較簡短，但，連三個子音一起，還是不好唸，難以普及。泰雅語會被青睞常被用以公開問候，最主要是 lokah 該字的神韻。

很多人都說 lokah 唸出來，就感到強有力，而不少活動主題，也常見以該字領頭。lokah 原本的意思就是「加油」。平常相互鼓勵，會說 lokah，探病之際，也以之來祝福儘快康復。泰雅語有 blaq（好）一詞。blaq su sasan soni？（你今早好嗎？）文法很通順，但是，就是很少聽聞，因為有 lokah 一字的高強度效用，一般不會刻意改用 blaq。只是現今「你好」一詞成了廣泛通用，各族族語也必須因應，於是，課堂上的首日，教師必會 lokah 與 blaq 雙出同說，然後，各堂課師生進門之時，老師就會先問 blaq simu 和 lokak simu kwara'？這是為了練習，學生也學到二字通用，但是，實際生活中，就是只有 lokah 當道，大家喜歡。然而，就在此時，地方意識抬頭，有人堅持發音必須是 lawkah。大致上桃園、宜蘭、臺中唸 lokah，新竹讀成 lawkah。僵持不下的結果，就是並用。「族語 E 樂園」教材裡，即見著先以發音 o 者的一句，接著即是發音 aw 者的下一句。此舉造成泰雅語的課本特別冗長，因為總要說二次。

❸ cyux 與 nyux 帶頭起句

　　泰雅語有二個字，cyux 和 nyux，必須記牢要常常掛嘴邊。一開口就 cyux 或 nyux，對方若是泰雅族人，必會靜靜聆聽你的接下來說話，因為，就在聽聞該字的一刻裡，即確認你會泰雅語，而且還不是普通的會，於是就專心面對你這位族語好手。cyux 與 nyux 翻譯成中文，大概就是「在」或者「是」或者「有」的意思。初學者若非老師提醒或特別強調，並不容易很快認知到這二字的重要性，反而會遲疑為何老是跑出它們，然後一下這字，一下又那字，弄得很混淆。筆者就是親臨此一經驗，一路上艱辛。時日一久，也不知何時起始，自己就忽然知道句句都要有它的關鍵性。

　　那麼，這二字又有何差別？何時應該使用哪一字？筆者請教過幾位泰雅族好友，他們多半是愣了一下，想了又想，好像也不太知道應如何回答。其實這很正常，母語使用者習以為慣，天天順暢地講，卻難以剖析語法和結構道理。於是，筆者東翻西找，讀了又讀，某天就看到了貼心的教材提到靠自己近處者用 nyux，離自己遠方者用 cyux。自此稍稍有了心得。更往後來，才又發現指涉他人之時候用 cyux，講自己或說到我的時候，就使用 nyux。親疏遠近在二字出場之時，已有了區

辨宣告。nyux saku musa pnep qulih i lpyun qasa（我去那河邊釣魚）。cyux sazing lukus talah qu hiya（他有二件紅衣服）。比較有趣的是，認知到這二字的地位之後，時不時就 cyux 或 nyux，而剛好都是 x 結尾，有一個送出氣體動作，仿如大呼吸之後的吹出大氣一般，讓人整個鬆掉緊繃，有個休息的空檔，再趁此時機，想好接下來要說那些字。有點類似英語說出 well，之後可以停頓養氣，再慢慢娓娓道來。學泰雅語過程中，領會到 cyux 與 nyux 的妙處，可謂一大收穫。

❹ balay 的萬用

賽德克巴萊是出名的原民主題電影，其中的「巴萊」二字被稱為「真正的」意思，賽德克巴萊就是真正的人。賽德克族和泰雅族過去都被列屬泰雅族範疇，也就是最初因二族語言文化相近，被語言學者和民族學家類歸同一族。巴萊一詞賽克語唸成 bale，泰雅則是 balay。「真正的人」被電影宣揚之後，意思已然定格。但是，以泰雅族來說，balay 雖然確有真正的之意思，但，那只是其中之一而已。在日常生活裡，balay 一字可以說總會秒出自說話者口中，也就是說，族人講話，聽者會聽聞不斷有 balay 一字跑出。balay 不會只是被電影定格了的嚴肅教條般唯一意思。balay 有「真的」、「好啊」、

「是嘛」、「對的」、「好說好說」、「什麼什麼啊」、「很棒」等等語意,可以正式,也多半是輕鬆日常的。一句話語有 balay 出現,大抵此次對話應該是順暢和諧或活潑有趣的。族人喜歡該字,也多抱著微笑說出它。

blaq balay qu kayal soni(今天天氣很棒!)聽到對方講這句,立即可回 balay balay(對對對)。kmayal blaq su kayal na 'tayal(你泰雅語講得好)。此時可能會回說 balay balay(啊!什麼什麼呀!)表示謙虛,沒有啦! tama su sqani !(請坐這裡)。受邀者回說 balay balay(好好好)。mita ku qutux bzyuk qnhyun i kryax sqasa(我在那邊山裡面看到一頭山豬)。聽者回道:balay balay(哇!真的嗎?)knril sqani ga, yata maku, qutux betunux 'tayal qu hiya(那個女士是我阿姨,她很漂亮。)聽者回答:aw ay, balay balay(對啊!很漂亮的。)總之,balay 是生活用語,而且接近萬用。族人友人告訴筆者,反正泰雅族就是 balay 個不停。學泰雅語不必拘謹,放開心胸,拋棄那總是要固制化詞意的習慣,才能觸及文化生活,也方可認識生動的族群社會。

❺ 母音弱化與字詞縮減

對於泰雅語母音的絕對弱化或甚至消失一事,不少族語老師表示,對於習慣由母音帶領發音的他族人來說,欲克服此

一差別障礙,真要花上不少心力時間。筆者多次請教母音為何退場的原因,族人長輩和族語教學者多未能給予答案。初學之時,真的覺得很不可思議,一個字可以數個子音相連,而中間卻毫無母音引導發音。舉幾個中級認證程度的字彙例子來看,考考讀者們是否發得出音來。mtzyuwaw（工作）、mqnzyat（勤奮）、khzyaq（寒冷）、rgyax（山）,其中 mtzy、mqnzy、khzy 以及 rgy 都是幾個子音居前,最後勉強有個 w 或 y 類似半母音者來引領出後面的母音。只是半母音也只有一個,前面幾個單純子音,則全無足供引導的母音或半母音。母音是 a、e、i、o、u,而該等子音之間原來應有而如今已失的母音,則一律唸成 [er]。mtzyuwaw 唸成 [merterzyuwaw],mqnzyat 讀成 [merqernerzyat],khzyaq 是 [kerherzyaq],rgyax 則為 [rergyax]。筆者駑鈍,適應較慢,卻也慶幸,已然突破障礙,反而覺得唸起來獨具風味,也特別能藉此感應到族群的文化內在特性。

泰雅族不知製陶,居住屋舍竹茅草搭成,器皿與建築等二個足可展現色彩美感的文化物質,卻均以素色放過。那麼,色彩的感應與展演又會表達於何處呢?答案是臉部上。泰雅族人男女均紋面,那是要上色的,藉此族群色彩美感觀念與實踐充分合一展現。織品是身體延伸,色彩亦是多樣。語言表達方式若可當成

一款美學範疇,那它的加料或減材,或也可能與文化的其他面向搭檔。泰雅語的弱化甚至失去母音,等於是減材的事實。換句話說,語言和文化物質都以素面模式呈現,而非採取廣泛身體加料之原則。於是,泰雅文化的素色和花色二大面向勢均力敵。山田燒墾時代,行走遷徙更換居家頻繁,因此,家屋不必要色彩美觀久留,而語言也以精幹短促方向演化,協助家人達到快走目的即可。色彩多元的部分,黏著體膚,不至於短時內需要毀掉拔除,身體因而自然地提供了上色的時間與空間。

❻ gaga 的說用場合

自有泰雅族研究起始,gaga 就是被探討界定的重點,其學術位置大約如同阿美族的年齡組織。也就是說,不管如何,一接觸阿美族,哪怕族語完全陌生,只消能寫到年齡組及其相關者,就可謂觸及該族文化核心了。不僅他人會如此認肯,自己也這般相信。泰雅的 gaga 亦然。超過百年的研究史,日文、中文、英文以及部份其他文字的報告,必不離 gaga,而一篇標示泰雅族主題的論文,若未有寫到它,馬上有公認專家學者跳出批判,意思是說,缺了 gaga 就不能算是泰雅研究。gaga 有如此之風采威力,著實讓人好奇折服。gaga 在專研論文裡,多半被定義成規範、祖訓、律則、價值或文化。它似乎操控著

族人日常生活的一言一行。進入現代世界之後，跨世紀一路超越五、六個世代之久的巨大社會文化變動迄今，gaga 似乎聞風不動，依然強而有力。曾有段時間，不同輩分的學者學子，有的拿泰雅為例，有的以過去被認定也是泰雅支系的太魯閣或賽德克為材，大家激情辯論 gaga 的屬性，也分別產出研究成果。gaga 的屬性多被界定於與超自然息息相關，因為違背 gaga 者，必會得到 utux 祖靈或其他靈力的嚴厲懲罰。

　　gaga 算是文化研究的一環，不過，在族語豐沛出現的部落生活領域裡，到底有沒有或會不會一天到晚 gaga 來 gaga 去呢？前段提及的泰雅族人總是 balay 不停，或者 cyux 與 nyux 不止，但，會否 gaga 不歇呢？答案是，不會！一般多在一些人一起批評不在場之某人言行時，才聽得到諸如「那不合 gaga」或者「gaga 沒有這樣子的啦」等的論述。但，這是道德義理的指控，不在生活現場彼此交談範圍內。當然生活現場也會出現 gaga 話語，例如，mthway 是「乖」的意思，但，族人更喜歡以「知道 gaga」來稱許聽話的孩子和懂得照顧友親的家人。不過，縱使如此，這基本上還是少見之例，反而是在跟外人對話時，比較會強調「我們泰雅族人是有 gaga 的」等語，以期區辨自我與他群在處理事務的態度或方式。今天，資深年紀族人常會感慨年輕一輩的「沒有 gaga」。筆者泰雅族

語老師就不止一次說,「泰雅族若還能保有 gaga,不知有多好!」此時的 gaga 並不容易具體定義,反而較像是想像中的古典時期 good old days 種種美好之總稱吧!

❼ utux 的終身環伺

前段提到 gaga 在泰雅文化上的關鍵地位,不過,或有部分族人或專家學者不表同意,他們認為 utux,一般稱祖靈與靈體,當更為重要。gaga 有如生活教戰手則,有人做了某些事情,引來公共或多人議論批評,說是有違 gaga,不是泰雅族應該會做的,所以,此人已然犯了錯。犯錯要受罰,此時,utux 上場扮演要角。基本上會由 utux 決定給予何種懲處,一般都頗為嚴重,例如遭逢大難或生大病,甚至與取其生命有關。既然 utux 緊跟著 gaga,我們就可見多數研究者將二者並談或合在一起說明。傳統時代裡,涉及兩性親密接觸的相關事件,最常被指稱有違 gaga,也最會遭到 utux 處罰。在還沒出事之前,家人長輩必會舉行殺豬儀式來求情 utux,也設法儘快讓惹事的男女兩造趕緊完婚。兩性親密關係與家族或整個族群人口繁衍要事,息息相關,泰雅文化以 gaga 和 utux 規範之,很能理解。

所以,其實並非 gaga 規範多嚴格,多令人害怕,而是

utux 真的嚴厲可畏。也就是，怕的是 utux，而非 gaga。除了古典研究文獻所記之外，現今族人多不會僅以牽涉男女關係一事來連結 gaga 與 utux，多數族人會將新理解學習的普世性道德內化成己之所有，然後說泰雅 gaga 規範就是如此，大家驟然之間擁有了高層次之道德標準。族語老師感嘆今不如古的不守 gaga，基本上應該即屬於此一面向的思維。不過，現在族人日常生活裡的口語談話，縱使主要以華語交談，遇到關鍵時刻，utux 一字就會跑出來。也就是說，兩人對話，少見 gaga 互說，因為那會涉及誰訓示誰的問題，倒是較常見 utux 隨口出，往往一切未知之事情，包括生活裡甚為微小的皮毛，也可能迸出 utux 以為解釋。此時，utux 並非老是翻譯成靈體的那種狀態，而是對於日常點滴不易掌握發展途徑的心境表述。不過，雖然如此，畢竟 utux 還是源出祖靈與 gaga 懲戒之古老認知，所以，縱然不經意地會聽聞只說該字，好似輕鬆無意，惟事實上正好相反，它實則正展現其近乎永恆之文化高位的遵循原理。

❽ hoqil 的熟與死

我們講桃子熟了，不會說桃子死了。但是，泰雅語的果子熟了的「熟」，和生命終結，亦即「死亡」同用一字，都稱為 hoqil（或 huqil）。筆者多次請教，族人朋友回以也不知為何，

就是這樣說。人死,仿如水果熟透,想像上,邏輯頗通,走完一生,最後身心完全成熟。果子熟了,一定掉落,成為大地的資源養分,或者被作為食物吃掉,也是供養生命的作為。人死,回歸自然母土,情狀非常相似。這是族人以自然界生命狀態來界定自我人類一世旅程的哲學觀念,很有生態意識。平日常吃水果,hoqil 一詞會此起彼落出現於大家話語中,但,此時並不會引來同時想到 hoqil 也是死的意念,人們只顧享受著食用新鮮的快樂。

然而,如果研究者直接說出 hoqil,就只為了探究事務,記下筆記,那,恐怕是失禮一樁。因為,這個時刻的 hoqil 絕對就是指向死亡了,畢竟,現場沒有果樹、果園、果子等的話題。死亡不宜隨意談,它是一個禁忌。我們初學者前次歡喜地學到橘子已然成熟,真的很好吃(hmoqil qu yutak, blaq qaniq balay),下次卻是唸到今天早上祖父過世,家裡人都哭了(hmoqil yutas sasan soni, mngilis kwara' te ngasal.)。死亡可能會與前面所談的 utux 甚至 gaga 相連結,因此,必須謹慎應對喪事,學子們萬不可為了學族語而隨便亂發問。

❾ Atayal、'tayal 與 tayan

大學時期開始接觸原住民族相關知識,如何唸讀各族族

名,總是一個有趣課題,也是一項挑戰。每個族稱後頭常會接上羅馬拼音的寫法,讀起來常見彆扭,也不知如何改善,因為少有老師會指導準確唸法,主要是,考試又不會考。泰雅族有時稱泰雅爾族,因為後頭有一個 l 音,應該內縮舌頭結尾,很不暢快。後來就統一以「爾」來表音。但,經過時日,那個爾字似乎累贅,逐漸被少用。羅馬拼音最多寫法則是 Atayal。字首的 A,到底如何唸,是另一個趣味挑戰。有人出手建議以 American 的 A,來比擬 Atayal 的 A,如此就較可理解。不過,事實上,這二個 A,都被唸得過重了。那只是一個輕輕的喉塞擦音,國際音標符號打字機打不出來,於是就用「'」符號表示。Atayal 應該是 'tayal。現在族語教材多寫成 'tayal。不過,原住民族委員會官網仍使用 Atayal 代表泰雅族。凡以族語書寫之時,常常仍是 'tayal,指「人」的意思。cyux qutux 'tayal maki ngasal mu(有一個人在我家)。但,說到泰雅族之時,是否就統一使用 Atayal,似仍無定論。pzyux 'tayal maki paqwasal biru' sqasa ga, Atayal la !(在那學校裡有許多人是泰雅族。)

只是,和族人朋友交談,或者聽聞泰雅族人講族語,甚至課堂上的老師講解,總會感到 'tayal 的 l 音,常常跑掉變成 n 了。納悶許久,也持續就教族人朋友,才發現的確在年輕人

發音中，比較難唸的 l 音，正快速朝 n 音變的方向走去。'tayal 成了 'tayan。「族語 E 樂園」的教材中，見到 'tayan 者，也不算少，也就是說，目前應是同時接受 l 與 n 的唸法。筆者不時刻意讀成 'tayan，也從未有人糾正，反而，偶爾自己扮演以 'tayal 來糾正讀成 'tayan 年輕族人的角色，他們愣住張望，似乎無法理解問題的所在。此一現象顯示快速音變的確是事實。泰雅爾的爾字早早消失，也不無道理。但是，有趣的是，將 'tayan 翻譯成「泰燕」等近音中文者，卻也未見。較為精簡的「泰雅」，業已約定俗成，人人接受。

❿ hongu utux 彩虹橋

比起前舉之泰雅族的如 gaga 和 utux 等關鍵文化制度，彩虹橋更顯其知名度，而且普遍見於任一時刻該族正式與非正式或學術與半學術等的場域中。gaga 與 utux 抽象存在，卻深具嚴肅緊張的氛圍，而彩虹橋雖有抽象屬性，但亦有具象且浪漫的色彩，縱然它涉及死亡的事物。一般的敘述都說，泰雅族人過世後，會經由彩虹橋到另邊的祖先住處報到，只要一個人成功扮演了男或女的標準社會樣態，如會狩獵或會織布，他們就可順暢過橋，接受祖輩們的歡迎。每當天空出現彩虹，望之美麗，也會想及現世與靈界以此連結的美好經典。

「彩虹橋」hongu utux，過去也被稱作「祖靈橋」。那麼，到底哪個譯名比較正確？當然，今天已經少見祖靈橋說法了，全數就是彩虹橋唯一答案。hongu 是「橋」，utux 是「靈體」，hongu utux 不就是「祖靈橋」嗎？那麼，為何會跑出「彩虹橋」的說詞？事實上，在早期田野中，部落裡幾乎找不著彩虹橋的宣稱，而普遍的說法就是會過一座橋云云。族人說出了「橋」一詞，詢問者必會感興趣其詳情，於是，報導者為了敘述方便，就指著天上那狀似橋的彩虹說，就朝向那樣的橋走過去。族人強調的是橋，而當代群眾自我浪漫之餘，卻只感覺到是那美麗的彩虹。彩虹橋由此建置成功。日子一久，如今，年輕一輩族人業多已自然而然說出彩虹橋，部落內與部落外說法合一，無人有所質疑。先有傳世的祖靈橋，才有當世的指著彩虹說：就是那座橋！

排灣語的長句驚豔

排灣族文化迷人,這是事實,和前面敘述的阿美與泰雅二族相較,同是南島語族群體,各自文化風貌,尤其是物質文化面向,可謂南轅北轍。我們初學原住民族語言的夥伴,不時會好奇彼此的所學,其中學習其他語言者,就對有勇氣選修排灣語的同好,尤是佩服有加。排灣族文化的貴族制度,名聞遐邇,大家單從媒體報導資訊裡,就可以獲知並建置基本印象,至少貴族服裝隆重,全身黑美高尚,飾品亦是亮彩非凡。貴族之外的另一亮點,或許應該說是另一驚嚇咋舌之文化特質,就是語言的萬分難學。一聽到,一看到,無不千皺眉頭萬扭臉龐,表情苦痛。終於,筆者完成一年修課,也通過中級認證,以及參加過一次中高級考試得到 54 分了。基本心得有了,可以說個幾句。

❶ 不見阿美泰雅的格位標記

學阿美語之時,老師必定會強調格位的重要性,ko 是代表者。學泰雅語之時,同樣的提醒再次出自老師口中,甚且更為苦澀。為何?因為阿美的 ko 大致上牢牢存在,cima ko ngangan no miso?(你叫什麼名字?)此處萬不能省略 ko,否則人家

聽不來。而泰雅族的 ima lalu 'tayal su？（你泰雅族的名字是什麼？）此處的 lalu，嚴格來說，前面應有一 qu 的格位標記，但，早就被省略了。老師會感慨語言變化太快，而且是嫌其麻煩使然，不唸出 qu，很令人傷感失望。不過，泰雅老師若能知悉排灣語狀況，可能會好受一些。

排灣語和阿美或泰雅二語言相較，就是不會有人老是指正你忘了講出 ko 或 qu 的格位標記，那是語言的代表象徵，難免長輩們會有所堅持。而排灣語的格位標記，並不是沒有，除了報名自己的名字之前要加上 ti 之外（如 ti Sakinu aken〔我是 Sakinu〕，和阿美語 ci Foting kako〔我是 Foting〕用法相同），其餘幾乎均已經轉化成連接詞的作用了。也就是說，tekelen a zua zaljum ni dredreman, dredreman（喝了那個水），其中 a 是主格標記，ni 是受格標記。a 和 zua 常常連著說成 azua（那個）。指示方位的字詞和主格標記合一了，亦即，格位標記有被弱化或減化的傾向。maqati sun a vaik a kitulu i gaku（你可以去學校看書），其間有二個 a，用上它們，會感覺唸起來比較輕鬆自然，連接詞就是有此魅力，幫助讀出來很順暢，而若一直執著格位標記，則仿如標準演講般地使得氣氛嚴肅。總之，主格格位標記與連接詞合而為一，均稱 a，的確是妙招，一句話常常有 a 的出現，它帶著一點停頓思考，間接使得句子不會

因為必須快快說完而不完整,初學者如筆者,很是受用。

❷ dj、lj、tj 音的廣泛使用

修習排灣語的第一堂課,對於從未學過該語言的學生來說,真是心底七上八下,主因之一當然就是曾聽過排灣語聲音,無不當場嚇倒者,因為老是抓不到發音的基點,再加上聽到多個類似捲舌又不像捲舌的音,只好立刻投降是上策。當老師開始教授母音和子音的發音之時,大家都摒住呼吸,深怕沒能聽得清楚。果然,來了 dj、dr、lj、tj 等四個其他族語見不太到的奇特子音。光看符號標示,就直指是二個音的整併唸出,習於華語和英語的人,怎不可能望之卻步?筆者也相信,應該有人學了一整年,還是發不出該等音標。

不過,也沒這麼悲觀。前文提過,阿美語的 d 音,很不好唸,但,有越往北,其發音就越接近華語「德」或英語 [d] 的音,學到北方阿美語的人,應該就可少受點苦。如今的排灣語也有類似情況。老師課上有提到,筆者也從「族語 E 樂園」教材比對過,好似 dj 和 dr 的音,也是越北邊,越接近「德」或 [d]。也就是說,阿美和排灣語的 d 與 dj、dr,往北走,各音有如合一了。這是有趣現象,筆者一直認為這兩族語言相近程度高,其中有否連結關係,令人好奇。不過,到底 dj、dr

與 d，何者為正統？亦即，誰先，誰又是後頭才改變？語言學界應有看法，大致上從複雜走向簡單，應是一個趨勢。筆者學的是東排灣語，而其又被認為與北排灣語最相近，只是前者 dj、dr，後者偏向 d，理應是東排先，北排後。但是，北排常被認為是排灣核心區域，東排係由該處遷來，那麼，如何解釋東排更複雜呢？東排與卑南族關係極為密切，除了物質文化尤其是衣飾方面大幅度類似「卑南化」之外，語言是否也是，就有待考證了。

❸ 疊詞疊到引人畏懼的長字

　　Kivangavang 是「玩樂」的意思。但是，課文裡常見到 kivangavangavang，多一個 vang。問說為什麼，老師的回答是加強語氣。筆者再問，那可以說 kivangavangavangavang 一連四個 vang 嗎？排灣語教師說，理論上沒什麼不可以。前面談過，泰雅語也有疊詞，biru（書），bbiru（好幾本書或者筆的意思），照樣也可以 bbbiru（許多書）。只是泰雅語縮減表意時間，所以，birubirubiru 就成了 bbbiru，而排灣語則說好說滿，才會出現 kivangavangavangavang 這麼長的字。排灣語很長，因此被認為很難唸，但，它母音俱在，慢慢讀，不會困難。反而，泰雅語較為短小，卻因為母音捨去而更難發音。

疊詞的規則好幾個，包括排灣語在內，各族都有，這屬於學習教材內容，此處不贅，請讀者自行查閱「族語 E 樂園」。有了疊詞，語言變得活潑有趣。英語沒有疊詞。「很美麗」very beautiful，「非常美麗」very very beautiful，它不會說成 beauti-beautiful。華語呢？可說是有的。「非常棒」可以進階至「非常非常棒」，這和 very very beautiful 同樣，只是形容詞或副詞重述一回而已，還不算疊詞。但，「你好棒棒喔！」二個棒連結一起，就算疊詞了。大哥大流行之際，新產品曾被稱為「大哥大大」，也是疊詞。有了這些母語經驗，遇到排灣的長長疊詞，也就不畏懼了。qudjilj（紅色），qudjidjilj（紅色的）。qucengel（黑色），qucengelcengel（黑色的）。nguaq（美麗），nguanguaq（美麗的）。cemel（小草），cemecemel（草原）。kedri（小孩），kakedrikedrian（一群小小孩）。liaw（多），meliawliaw（變得比較多）。知道了此一特色之後，就會非常喜歡這個語言。有排灣友人說，排灣族神話傳說故事特多，而該等敘事尤其喜愛使用長長疊詞。我問為何，沒有具體答案。不過，依筆者想法，它或有展現神秘性以及時日極為長久的意涵。

❹ 字根的短字原型

　　說排灣語字詞都是恐怖的長，實在是外行話。南島語多具有獨立字根，再外加不同詞綴，用以真確表示其意，或者，重疊字根一次以上，也是據此確定意思。仔細整理排灣語的字彙詞根，有高比率多是短短幾個字母構成。也就是說，若以字根本身來看排灣語，它其實是短字為主的語言，而非老是長長字詞的性質。當然，有的字詞不能只有字根，它要加上其他發音要素，才有單字的意義，不過，也有相當數量字根，其本身即可獨自使用。一場言語對話，為使各用字之意思得以充分表達，各個詞綴和疊詞功能勢必盡出，加加總總，才會有多屬長字面貌之印象的形成。英文的冠詞與介係詞是必要性的字詞，所以，一句話放進了諸如 a、an、the 以及 at、in、of、on、off 等字，當然長度會大大增加。排灣語格位標記省了不少，雖有介係詞，卻也不盡發達，所以，扣掉介係詞和類似冠詞的格位標記，一句排灣語事實上可謂短小精幹。

　　temeketekel（常常喝水），詞根是 tekel（喝）。semenasenay（唱歌的人），詞根是 senay（歌）。sasaqetjuqetjuan（很多病人），詞根是 saqetju（生病）。liljualjuasanga（變成綠色了），詞根是 liljuas（綠色）。gemaljugalju（徐緩漸進的），詞根是 galju（慢）。

milimilingan（傳說故事），詞根是 milingan（時間）。看看上述這些詞根，基本上都是簡潔有力的單字，排灣族語修長詞句的娓娓道來，就是奠基於它們。試著把疊詞的蓋壓部份去掉，所剩僅為小小單詞，一下子就掌握在手。解剖一個語言，一方面感佩語言創造者的智慧，另一方面也頗感趣味，亦可消除緊張情緒。學會排灣語，就和學會阿美、泰雅一樣，都很難，卻也不至於太難，因為總是有豁然開朗的眉角，一旦解碼，非常快樂。

❺ 總是黏在一起的話語

或許是先學了阿美語和泰雅語，對南島語言大致有了印象，再加上長句想像的恐慌，一下子被解破，感覺很不錯。無料，又來了個其他族語未見的特質。那就是，一句話，總遇到後一單字被前一單字吸盤般地黏住的情形。筆者曾不只一次請教老師，為何一定要如此說話，那對初學者簡直要命。他回說，「是啊！我們也在討論這問題」。之後沒下文了。下回上課，繼續黏答答的一段話。聽起來是很流暢，像唱歌一樣的風貌。不過，就是聽完一段話，即刻需要分解之，否則不易懂其意。此一說話特點若再加上前面說到的長句滿滿，那果然排灣語是足可嚇傻人的。

liljuasanga a gadu（山變綠了），liljuas（綠色），anga（已

經），按說是二個字，但，通常都合在一起說，初學者很容易弄混到底聽到的是 sanga 還是 anga。kaljaveveananga（春天到了），kaljavevean 是「春天」，anga 是「已經」，合起來唸，就變成很長的字。natemeketekelaken（我常常喝），tekel 是「喝」，aken 是「我」，一起唸它，成了超長的字，而事實上，詞根就是 tekel 而已，而 aken 根本是後面另外一個字。祝福的話：na saljingaaken tu meqacamun，saljinga 和 meqaca 分別是二字，意思是「祝福」與「快長大」，而 aken 與 mun 則是「我」和「你們」二字，現在黏在一起說，顯然對聽者又是一大挑戰。不過，筆者的觀察，大多數會被直接黏住的字，均為你我他人稱代名詞或嘆詞和副詞或者虛詞，一般多為短小的單字，不會太難辨認。除了詞綴和疊詞之外，從不見二個長長獨立單字硬被黏在一起發音者。這是好消息，畢竟，製造出超級長字，的確也是困擾，所幸，排灣族人並沒有自我跳進難以透氣的唸讀世界中。

❻ 詞綴運用的豐富性

每一臺灣南島語言皆有詞綴的使用，各族當然有同或有接近或有異，惟除了先不計較如泰雅語母音弱化甚且消失的情形，基本上，前綴為一子音接著一母音，中綴與後綴，則係母

音加上子音,至於較少見的環綴,多見將整個詞根包住纏繞,因此,子音連母音,以及母音帶子音景況,都有所見。無論如何,各種配置當然都為使一個字詞可以發得出完整的音。單看每一族語,都能發現它的豐富詞綴風貌,排灣族語的詞綴亦不例外。排灣語用到的子音中,不可能每一個均有與特定母音搭配成一個前綴詞,只有部分子音和母音有此機運,至於為何其他沒有,或可詢問語言學專家。各個語言都有特定一組發音範圍,今天,我們要學習它,即是超出自我母語範疇,而來全新適應此一範疇,那是一大挑戰。詞綴的專有,也是一樣,排灣語的詞綴範圍和他族有所不同,非排灣族系成員若欲習得排灣語,其詞綴加上詞根的造詞工程,當然是頗具難度的項目。

隨意找來「族語 E 樂園」教材的一課,就可以從中看到多元多重多到令人炫目的詞綴展演。veli 是購買的詞根。表示動詞之時,中綴 en 出現了,就成了 ve-ne-li。而問句用法時,veli 尾部會多出一個 n,就成了 velin。pa-veli-veli 意為「去賣」,也就是 pa-vali 是「賣」,而 veli 的一次,是為疊詞,代表重視或強調之意。有時會說 sa-ve-ne-li,那是又前綴又中綴,「特別指定要買」的意思。veli-an aken ta qecilu 直接翻譯是「幫我買蛋」,所以,後綴的 an 顯然有替該句話之主詞人物完成此事的意涵。至於 veliu,後頭一個 u,語氣強烈,用於命令句之

時。單單這個舉例，就可看到小小 veli 詞根，可以依照話語脈絡，引來 en、n、pa、sa、an、u 等等的詞綴和語氣加音。當然這一點點多音或會造成重音轉位，聽到快速的說話，聽者必會吃力，但，也是興奮異常，畢竟知道了訣竅，慢慢來終能欣賞喜愛。

❼ bulabulayan

　　學習族語，最起先學到者，一定是問候語，例如阿美語的 ngay' ho 與 aray，泰雅語的 lokah 和 mhway，以及排灣語的 maljimalji 或 djavadjavay 與 masalu。這幾字很可能每天課上都會唸到，尤其是老師一進門和下課鈴響之際。久之，琅琅上口，甚且課程結束之後一段時間，什麼都還給老師了，只剩這幾字，終身不忘。遇到該等族族人或者知道族語的人，問候語立即出現，好似從此打住而從無下一句的出聲。不少人的英語水準以及僅是短暫學習第二外國語的一時勇氣者，多半也是如此。臺灣人此類比例甚高，他們常會被批判多是依賴單一華語走天下故步自封者或者無具認識外界文化動機的井底之蛙。

　　話說回來，除了問候語之外，若有進一步很想留於身邊不要流失者，對筆者而言，當然就是讚賞美麗的詞彙了。的確，不管哪一族，這一字都特別漂亮有勁。阿美語 fangcalay（很

棒）與 makapahay（很美麗），泰雅語的 betunux balay（很美）和 wata'（了不起），以及排灣語的 bulabulay（真是美啊）等等都是。bulabulay a cawcaw a vavayan su（妳是美麗的女孩），bulabulay a gatu imaza（這裡的山很美），bulabulay a kinaqadavan kasauni（今天天氣真是好），izua ku bulay a utubay a ita（我有一部帥氣的摩托車）等等都是。握有這一字，價值縱使不到連城，也至少不比人差了，而且更顯露出對於族群文化的珍惜，因為總是在稱許對方。在偶遇排灣族人之時，筆者秀出 bulaybulayan 這字，聽者無不眼睛一亮，然後就有類似 bulay su a penaiwanan（你排灣語說得真好）等的稱讚回覆，對於剛剛學了一點族語的我來說，簡直高興得筆墨難以形容。

❽ kacalisian 的解釋

學習排灣語到某一個階段，也不確定是哪一具體時間，就自然跑出 kacalisian 這個字。老師唸，學生跟著朗讀，說是「原住民」的意思。記得幾十年前在烏來請問在地泰雅族青年 Atayal 這字是什麼意思，他們的回答是，「就我們泰雅族啊！」或者「原住民啊！」。現在，排灣老師說 kacalisian 是「原住民」，讓我連起這二次情景。筆者的理解是，原住民與我族自稱合一了，在泰雅自我世界裡，'tayal 就是原住民，而

在排灣世界中，kacalisian 即是原住民。但，為何原住民不稱為排灣，而是 kacalisian？此一問題頗引人思索。筆者有著如下的詮釋。

　　臺灣南部和東南一帶，有不少排灣與魯凱群體自稱為 kacalisian（排灣唸法）或 kacalrisiane（魯凱唸法），其意與「原住民」或「在地人」差不多。漢人遷到此地之後，彼此開始有了接觸。陌生群體的初見面，一定會設法認知對方的身分，當原住民回答 kacalisian 之時，漢人不可能全稱記下，因為那太複雜困難，從而會以自身熟悉或可被理解的音來定名，因此，kacalisian 一稱的 ka 和 li 就被選中而合而為一成了 kali，也就是由閩南語發音「傀儡」／ka-le-a。閩南民間戲曲如布袋戲偶或家中玩偶，就稱「傀儡」，因此，一下就可琅琅上口，也很快普及於各地。尤其，kacalisian 的 sian 一音，又和稱呼一個個偶戲傀儡的閩南語相同（如，ci-sen-ang-a／這個玩偶），更是加深了印象。於是，「傀儡番」數百年來成了南台灣族群關係史上的最普遍詞彙。前一陣子風行於藝文場域的「斯卡羅」劇碼，其中的「卡羅」，就是「傀儡」的同字（均以閩南語發音）。至於「斯」一字，則可從排灣族人說話習慣來理解。該族人在說明群體單元時，常會於名詞前加上 se，例如，排灣族就會唸成 sepaiwan，亦即「屬於排灣」的

意思。「斯卡羅」或者「斯傀儡」會被人使用，也就不難理解了。而其完整音與義應是 sekacalisian ／屬於在地原住民。

❾ paiwan, sepaiwan 與 penaiwanan 或 penayuanan

不過，前面的討論，還是沒解決「為何族人自稱 kacalisian 是原住民，而不是直接認為排灣是指原住民」的提問。排灣一名何來？早期有人類學者到一部落田野研究，問及你們這邊是什麼，答曰 se-paiwan，於是，學者就命名為「筏灣」。為何是筏灣？pai 和閩南語竹筏的音接近，筏加上 wan，就成了筏灣，其名一直沿用至今。排灣語稱呼人名，前頭會有一個 ti 字引領，如 ti dremedreman，這與阿美族的 ci 同樣功能，如 ci Kacao。而稱呼族稱之前，常先說 se，以為引導，如 sepiuma 卑南族的。加上 se 基本上是表意，我是卑南族人。當年答覆詢問的族人說出 se-paiwan，其實是在說我是排灣族人。外來研究者索性就翻譯成「筏灣」來為此定名。

學到 penaiwanan 或 penayuanan 一詞的時間點，也頗奇特，主要是老師課上並未特別介紹該字，就這麼突然出現，然後就說請跟著唸。筆者看過幾份資料，好像也未有特別介紹它者。以前還未正式學習排灣語之時，閱讀民族誌文本或者與該族友人往來，也沒見過該詞的使用。至少問候語的 maljimalji 和

masalu 很早就知道，卻對 penaiwanan 很是陌生。kacalisian 還有傀儡番的翻譯舊稱，表示平地社會也略知一二，而 penaiwanan 說著排灣語的人，卻相對上較少人知道。所以，依筆者之見，一個語言往往會形成幾個生活中特定關鍵字詞，它具有象徵作用，是群體的關鍵詞彙，對於排灣族而言，可以肯定應該不會是 penaiwanan。kacalisian 可以確定比 penaiwanan 重要得多，前者標榜原住民意涵，後者只是指涉說這種話的人。

❿ 地方分群的語言差異

　　原住民族語言書寫系統公布之後，各族之間，以及各族內部，就自己協調其間的落差。而到底協調了多少，還餘留多少問題，到目前為止，略有爭辯聲音出現，但，似乎也未造成太大問題。舉凡聽到未曾學習過族語的教學相關學者專家提到原民書寫符號不統一的紊亂狀態，筆者都會適時反駁他們的印象。筆者的認知是，大家邊走邊調整，步伐大致穩健，或仍有未解之問題，但，多能包容接納或者多管並行。其中，地理方位分區之差異所在，是為最常見的解釋。排灣族當下被分為東南北中等四個方言群，東和北接近，中排人口集中，而南排最為與眾不同。除了大的地理分區之外，另有較小範圍的地形聚落分野，那就是海線與山線，例如，東排灣的山海二區就壁壘

分明。標準化了之後，主導族語教材者是某一區居民，所有課本內容就通通以其為主，另一區的學童進學校學到族語，就和自己父母輩語言有差了。國家推動母語教學也有類似問題。小孩在校學到標準化了的臺語，那是接近漳州或南部口音者，回到家就以此來糾正長輩的泉州廈門或北部口音。語言的標準化當是現代國族／國家內部文化變遷的主要促動因素。

在東排灣地區，也就是南迴鐵路臺東段的山系與海系二區域，有部分單詞各自喜好。sidjaljun（到達），金崙的賓茂海系一帶多用 djemaljun。否定詞 inka（不能），海系常簡化成 ika。「用手做什麼」，一般排灣語為 sema lima，東排常說成 semayata lima。semu tjukap（脫鞋），東排講成 semu kucu。「流眼淚」的排灣語是 pe-leselese，東排灣則說 pe-ruse，有一種「琉璃珠」就命名為 ruse na qadaw（太陽的眼淚）。「警察」直接詞譯中文，北排是 kisacu，東排則為 kisac。多一個 u 是北排特有，nugising ti kama（我爸爸是農夫），北排說成 nugiyusing ti kama。基本上，北排沒有 lj 的音，aljis（牙齒），成了 alis。東排和南排有 q 的音，中排部分有之，北排則多已轉為喉塞擦音了。賓茂屬於東排海系，他們會發金峰、太麻里和大武一帶山系都沒有的 q 音。「模仿」一詞，東排發成 pacuwal，中排則是 pazuwal。「刷牙」一詞，

南排為 gisagis，東排則是 murumu。東排海線 ciqaw（魚），山線讀成 ci'aw。「衣服」為 kava，只有南排說成 'itong。「難吃的」nasavaqavaqal 是山系用法，賓茂海系說 sakuya。與前段敘述的 bulay 差不多同意思的 valeljevelj，一般是形容女人的漂亮美麗，而北排則是強調膚色的白皙。總之，還有更多有趣的比較例子，而縱有差異，彼此仍多可了解各自心儀詞彙的用意，一點小小不同，不至於礙事。

布農語的短促簡潔

筆者告知友人自己正在學族語,就有不只一位立即回應建議學布農語,因為感覺那最高山上民族的特別仙氣,尤其八部合音低沉迴盪,永不休止般的縈繞山林,太令人神往了。的確,把布農語放在第四個也就是最後一個學習的族語,好像也不完全是配合課程的關係,多少有刻意的意思。為何?其實就如同前述友人的布農印象一樣,對於這一族,總是神秘感加重,感到難以快快理解,索性放在最後再傷腦筋。或者,筆者一介平地適應長大的人,對於愈是高山,愈感遠距恐慌,而首先選讀阿美語,或許多少與自己同為平地環境的成員,想像中應該比較容易上手,簡單一些。推遲了三年,總還是見到面。布農語的高山壯闊,果然不同凡響。

❶ Q 與 H 之別

修習布農語的前幾次上課,教師就特別提到該語言的 Q 與 H 兩大系統。這種系統之別,是否與泰雅 Squliq(賽考列克群)與 C'oli(澤敖利群)的有 q 沒 q 之分類似,的確值得推敲。按,基本上布農語的 Q 與 H 就是以有 q 或沒 q 來作為

區辨標誌，最清楚的例子就是祝福語分別有 miqumisang 和 mihumisang 之別，q 的就是 Q 系統，h 者則是 H 系統。當然，並非 Q 群就通通有 q，而 H 群則完全沒 q。反而，依照筆者理解，以 QH 來做區分，只是一個不同大群間用語有所差異的代表罷了。不過，從泰雅的 Squliq 和 C'oli 之分，以及布農的 Q 和 H 系統之別的景況觀之，大抵可以想像到南島語族成員縱使只是陸地上的不遠距離相隔，即已能語言分化至此，更何況在茫茫大洋航行轉換居所之後的話語內容可能劇變。如今千種以上彼此難以溝通的南島語，卻能獨留些許基本詞彙如五的 lima（阿美語）或 hima（布農語），以及眼睛 mata（阿美語和布農語）或 maca（排灣語）等的類同，還有難以去掉改換的詞綴如 ma-、mi-、-an、-om- 等，供後人據以確認其共祖關係，已經是學人學子們很大的福分了。

一般的分類，布農族有中部的巒社（takBanuaz）與丹社（takiVatan）、北部的卓社（TakiTudu）與卡社（takiBakha）以及南部的郡社（Bubukun）與蘭社（takiPulaan）。剛好三個方位區域各有兩個語言文化特化發展的群體。在語言方面，北部與中部屬於同一 Q 系統，而南部獨樹一格，就是 H 系統，惟其中蘭群與阿里山鄒族達邦社十幾世代長時混居，已經明顯勢微。現今景況就是人口最多的郡社，語言相對簡化，他們是

唯一H系統代表。而位居最源出位置的巒社（主要社群如花蓮縣馬遠部落）及其衍伸出來的丹社（如丹大部落）和卓社、卡社，則謹守Q系統古老特色。課堂上，老師提示的最顯著對比，就是Q系統有q，如小米maduq、下額vaqvaq，而H系統則唸成maduh和vahvah。主要就是以h音取代難唸的q音。而若Q系統有讀出h者，如hutung（猴子）或isuhian（富人），H系統就變成utung和isu'ian，也就是h音也不見了。另外，t音與c音的取代，也是一項特徵，例如，Q系統的tina（媽媽），H系統就成了cina，而titi（肉類），則變為cici。當然這些也不是鐵律，它只是反映出語言分化的方向與速度，多數情況是兩邊有別，卻也沒有一定的規則。像哄小嬰兒的聲音，丹群u'u'，H系統則ubuh；Q系統的「一整年」說成tastupunsanan，而H系統則是tastupaisanan；Q系統的「唱歌」是tusaus，H系統則為kahuzas。此外，一般認為固守較傳統說法的丹群，自從被遷居平坡淺山之後，也已受到臺灣福佬、阿美、以及太魯閣語諸多影響，天天都在轉變。

❷ 少量的母音對比泰雅母音的弱化

初始認識布農語，老師說只有三個母音，聽畢暗中竊喜，因為，想像中這應是比較簡單學到的語言。三個母音就是a、

i、u。如果有聽到 e 或 o 的音,那必定是在唸外來語。不過,有的群體如南部的郡社,就堅持不用之。只是,凡有遇到 q 與 u 的前後情況,常常會導致 u 被唸成 o。而字體出現的諸多雙母音如 aa 或 iu 等等,其實前後二個母音均各自隨著旁邊的子音發音,而不會雙母音發成同音的長音狀態。族語課堂教師發給的教材上就述說著 daan 馬路,並不發音 d 之後接 a 長音,而是發成 da-an。於是,表面上有不少雙母音,其實那多半不是真的。如此一來,音節得以一段一段拆解,更使人安心,因為絕不至於像排灣詞彙一樣的長長嚇人,而且分段之後,會比較容易唸正確。

布農語僅有三個母音,再加上雙母音的虛幻存在,讓人想到泰雅語的母音退化一事。那麼,隨著時間持續演化下去,布農母音會否變成泰雅般的結局?答案應該不會。畢竟,泰雅的情況是母音俱在,只是多數字詞將其轉為 [er] 的音發出罷了,而其他字詞則見母音完整發出。布農語是三個母音具實存在,其他別的族均擁有的母音,他們都沒有,而原有之三個母音,並未見弱化現象。泰雅原出母音數量比布農多,現在也一樣,只是相當比重的詞彙已經找不到母音的完整發音。布農堅持擁有三個母音,而那些表面上多個雙母音情況,並不構成新母音的樣態。

❸ 形容詞的有無之論

　　前文說過，筆者上過的每一堂族語課程，教師多少都會提到族語沒有形容詞一事，有的老師就緩緩著說，有的則頗為激動。有無形容詞難道如此重要？它不就是語言的特色罷了？但，好像沒這麼簡單。語言學者所謂南島語缺乏形容詞，應該是指那種以英語為主之歐美語系專門用來修飾名詞的詞彙，通常字尾加上 -ful、-tive、al、或者 -ed 等皆是。從語氣上，任何語言一定會有表達某一事物屬於何種狀態的詞語，那正是呈現出「形容」的作用，南島語也不例外，但，這種字詞在語言學者判准下，稱其為靜態動詞。通常它會置於正式的動詞之前。但，語意上來理解，動詞就是傳達出動作的字詞，怎會是靜態呢？有靜就不會有動，有動也不會出現靜，二者是相互排斥的。只是，族語老師縱使課上不認同，一旦回歸語言學範圍，極少有提出挑戰者。語言學和語言教學是兩回事，前者是正統學科，後者頂多只是技術。語言教學必須遵循語言學的指導，臺灣的情況就是如此。族語教師和不少原民知識領袖私下批評語言學教授根本不會講族語，卻都站在高位指導。族語的專書也常見到不會說族語的語言學教授掛名第一作者，族人專家排後面。近年各地舉辦的族語相關競賽，很少見語言學者蒞臨指

導，因為聽不懂，不知人家在說、在演、在唱什麼。只是，被認定缺少形容詞的事情，為何引來族語教師公憤？筆者之見，那又是文明語言與落後語言相較的分水標誌，有之就是文明，無之則屬落後。因為，華語和英語一樣都有形容詞，位階都高，而南島語闕如，自然就跟不上了。族人領袖與族語專家不服氣者在此。畢竟，布農族語已經沒有文字了（傳說中原本有之，惟洪水期間失落了），如今又繼續被斷定語言本身沒這缺那的，一個語文距離文明範疇更形遙遠。

布農語 TLT 老師開課不多久就直接宣示布農語絕對有形容詞，滿地都是。他認為，ma+名詞，就成了形容詞。nau'az 是「女生」，ma-nau'az 就是「漂亮的」、「美麗的」之意。字義上來說，即是變成像女生那般的特質，也就是很美的了。mataisqang（光鮮亮麗的），形容詞。manau'az 和 mataisqang 這兩個字只能用來形容女性，男性不得使用，否則就是暗指他人沒有男子氣概了。bananaz（男生），ma-bananaz（雄壯的），也就是「像男人那般的樣態」，形容詞。batu 是「石頭」，ma-batu 是「像石頭一樣硬的」，形容詞。有一種會叼走嬰兒的大鳥 madusqav，該字源自 dusqav（巨人）一詞，而加上 ma，可以當名詞，就是「大鳥」，也能引申成「孔武有力的」，形容詞。最明顯的例子就是顏色的詞彙：mataqdung（黑色的）、maduqlas（白色的）、

madanqas（紅色的）、mapatas（灰色的）、maqaihav（紫色的）等等，全數均為 ma 加上名詞而轉為形容詞。除此之外，還有其他名詞前加詞綴的情形。例如，kahanahana，hana 是「花」，前頭有個 ka，意思就是「百花齊放般」，形容詞。再者，有些名詞如 balivusan（暴風雨）和 hunulan（地震），也同時有「暴風雨的」與「地震的」等之形容詞意涵。總之，在筆者看法裡，這些形容詞的揭舉說明，均是一種對定論威權的抵抗。族語不只是族語，當它是母語的當下，必會顯現出有族人自身出發的觀點。縱使語言學是科學，一旦母語觀點站出來，它的力道不容小覷。

❹ 媳婦的優位與戒心

傳統時代裡，部落或家族間資源競爭可謂激烈，惟彼此又常透過婚姻成為親家，這種類似亦親亦敵關係，表現於親屬關係之上，最為人們津津樂道者，就是媳婦的地位與角色。外地人只要稍稍知曉布農語言文化，在和族人聊天時，很高機會可以從對方口中，聽到有趣的媳婦故事。在筆者經驗裡尚不只如此，單單課堂上，教師也多次講到之，並且眼神炯炯，仿如正在點出文化核心的滿足樣態，而學生們往往也聽得入神。事實上，兩家合親，在許多文化中，正是人際與家際關係緊張的開始，畢竟，事關成員生存所需之有限資源，各家都全力維

護，哪怕需要動到口角甚至暴力。為了繁衍後代，不得不引入他家的成員到我家，一方面家族人口因而重組改變，既定的人際維繫模式，受到挑戰，另一方面，又多一個人參與資源消耗陣容，想來是多麼令人恐慌擔憂啊！人類群落就在此情境下，一代代前進，布農族當然也不例外。

媳婦的族語叫做 pinilumaq，lumaq 是「家」，整個字義就是放在家裡的人。置於家中的物，也是 pinilumaq，所以，媳婦就是放於家內的東西。一般而言，媳婦多是作飯、整理家務、以及看顧田園，家人不會讓其在外拋頭露面，都是在家好好照料之，不敢怠慢。然而，部落內一種流行說法是，媳婦通常是家裡的間諜，會偷偷傳遞訊息給娘家。按，布農人的家族觀念深，不喜與其他家族建屋範圍連接太近，因此，不少男人始終在拓展自家獵場，才會造成各群分立的現狀。此一景象造成了資源擁有的緊張關係，媳婦娘家很可能是自己死敵的那方家族，因此，對於嫁入女子的矛盾不安情結油然而生。另外，女孩到了適婚年齡，若還待在家，那是代表家裡老是女人家，沒有男丁，不吉利，所以，必須趕緊出嫁。於是，自己女兒出去了，換了個可能懷有敵意的媳婦外人，更添不確定要素。現在談到此一古典媳婦地位情事，族人仍是矛盾各半，一方面談天有趣，另一方面則歷史影響情懷湧現，各群似乎仍處於山頭林立狀態。

❺ Bunun 與 bunun

原住民族各族族稱何來？這是一個常見的提問，百年間都是如此，以至於多數相關書籍，不管是學院出版，還是官方文書，或者民間隨談，總會立即說出定義，以解疑惑。其中的說詞最常見者，就是「人」的意思。為何人的意思總是標準回答？這與最初的提問者有關。早期提問者不是第一線外來移民接觸者，就是研究者。大家想知道你們是誰，對方理解意思之後，就會給個答案。但，所謂「理解」多數是指大概知道你在問什麼的意思，於是有的回以平時自己與他族區辨的用稱，有的答以本地地名，有的覆以問安用語。不一而足。惟其中以他我區分之詞最多。這區分之詞常常就是族人稱呼「人」的用語。意即，我是「人」，他方則有另稱。蘭嶼 Tao 達悟是人，鄒族 Tsuo / Cuo 是「人」，邵族 Thao 是「人」，泰雅 Atayal / 'tayal 是「人」，布農 Bunun 也是人。然而，更細緻來看，卻有難題在其中。像泰雅族一般分類有二大群，一是 Squliq 賽考列克，另一是 C'oli 澤敖利，這二個群名也都是人的意思，但，是專指外人非自我認知的本族之人 Atayal / 'tayal。因此，直接以 Squliq 和 C'oli 來直呼二群，族人常常感到困惑，為何我們是「外人」？畢竟，這二字生活中常被用到，卻容易造

成年輕一輩學習族語的難處。Bunun 一詞的使用還算好，它是人，也是族稱，至於分群各社各有其名，不會像泰雅族那般弄混不同「人」之意涵的指稱。

布農族人的 bunun 用詞相當普遍，日常說話一定聽得到。不知者還以為族人一直在宣示主體地位，其實只是在講一般人的意思。hahima aam tastulumaq bunun laupakadau.（我們家現在有六個人。）valian tingmut, munquma ka bunun ihaan ludun.（上午放晴，人們上山工作。）haiza papitu bunun i daan ihaan.（在那路上有七個人。）這些平常用詞指涉人的總稱之外，如有聽到 Bununtuza aak（我是真正布農族人），那就是在宣示自我族群意識，用以和他族作區別。不過，仍舊有點令人困惑。因為，一般的認知是，該族重視自我家族，甚至發展出幾十個家人住在一間大屋子的情況，而且從媳婦位置來看，對於外家多半緊張對立，按理，只要遇到人，一般多是以自家家系為名來和對方取得關係遠近訊息，所以應該不至於有不去計較各家不同而直接宣示我是布農族的機會。那麼，以大寫 Bunun 為口語詞彙者，很可能是極當代才會發生的事情。也就是說，從九族說到現今十六族之分，養成了習慣，動不動就問「你哪族」之類，自此，「我是布農族」也就成了新的慣用詞。

❻ samu 禁忌

　　布農族人越年長者，對於傳統留下的 samu 禁忌，就越重視，或說越是尊重。從其講述故事裡，想像中，古時代生活裡，幾乎時時刻刻是在回應 samu。等於是，這不可以說，那絕不能做，處處所及，都有限制的要求或默契。這讓我們想到泰雅族的 gaga。gaga 一般解釋為規範。泰雅族人讚美小孩懂事聽話，會說知道 gaga，聽聞某一家遭逢災難，會說其違背 gaga。這些多是在好事或壞事發生了之後，才以 gaga 去做解釋，也就是說，大家需要一個共同理解的說法，以期對於人生或生活點滴之議題或問題，都能獲有答案。samu 基本上也是如此。布農族人對於外族人即常會以 samu 來界定自己的社會文化特質，也會以此來叮嚀小孩，而族內事物的因果緣由，更是幾乎都以 samu 之說，來做為終結解答。另外一個可能的學術詮釋是，群體的生活環境多以妥協於大自然方式來因應，如居處高山，卻從不主張開發變造生態的布農族，有高比率即以類似 samu 之規矩，來框限對大自然可能的傷害，亦即，一有破壞環境的風險，即刻以 samu 來壓制之。不追隨 samu 者，必會受到詛咒，以至於家毀人亡。表面上好像是族群部落對世界缺乏理性知識，然而，事實上，它卻是保障群落人口綿衍不

斷的良策。samu 如此，gaga 亦然。

單是祝福用語的使用就有 samu。按，只有長輩能祝福晚輩，而晚輩相對的只能給予長輩尊敬之語。若晚輩隨意以祝福之語送給長輩，後者憤怒，以為你在詛咒他，說他不幸福。miqumisang 是最普遍的祝福語，它的原意是「還在呼吸著」。惟若以此來祝福長輩，對方很可能不悅，認為你覺得他可以呼吸之日已經不多了。這和 masihal ass（你好嗎），有同等意義。問人家 masihal ass，具有認定你很不好，才需要如此問的意涵，語詞裡帶著詛咒。masihal ass 是與大社會接觸後的產物，過去時代裡無人用之。婚嫁娶制度嚴格規定，三代之外才可以通婚，這也有 samu 的強制規定。samu 通常被認為是最高指導原則，與之牴觸者，通通無效。然而，近年的飲酒過量問題，讓不少族人覺得是外在要素太強大，以至於布農的 samu 失去效力了。狩獵是最重要的資源獲取行動，有收穫是第一要務，不得同情獵物，會被詛咒倒楣。因此，受傷的動物，務必追到手帶回，縱使入陷阱抓到時已經腐敗，也要攜回，資源不得浪費，這也是 samu。另外，吃飯時不宜配用蜂蜜，因為那很甜，容易引來老鼠，所以，違規者會變窮，又是一個 samu 之例。總之，一切都是 samu 主導的場景。

❼ 害怕與未來之傷

前面說到 samu，它是傳統時代迄今的一道無形控制力量，隨之而至的就是恐懼的情緒以及將來必會降臨的不幸。TLT 老師在課上介紹了大量布農文化的 samu 例子，非常受用。布農族人 lu'san qanitu 怕鬼，每年有一個 ail'uan 鬼節，也是休息日，人人工作，只是靜坐，若手持刀具，鬼魂經過，會使人受傷。族人也擔心狩獵失敗，畢竟，沒獵過山肉的男人最不中用。於是就發展出一種隱喻式的語言，「打獵」是 qanup，但，通常不直說之，反而使用 kusilku' 一稱，silku' 是「木杖」，kusilku' aam kuzakuza（我們拿木杖去工作），就是「拿槍去狩獵」之意思。不直接說，是不讓動物聽懂人們的談話。事實上，布農族神話裡，人類和動物不僅共享天地，彼此對話也暢通無阻。狩獵時不能有同情心，會有詛咒，獵物受傷了，甚至腐爛發臭，也要帶回，絕不浪費。打到大熊若是側臥，吉相；而四腳朝天則為凶相，會有災難。另外，有一個超大鳥隻咬食嬰兒的傳說 madusqau，族人為了防備牠，所以總是會砍掉枯樹枝，以阻卻鳥兒站立於此。人老了之後，會看到猴子，但，千萬不要跟著走，因為牠會引導你 mai'asang 走進河川，終結掉生命。族人相信死靈都是經由河道往返。夢到和已經死的人一起吃喝睡覺，代表自己也要走了。

人的右肩乘載著 qanitu-sihal（善靈），左肩則是 qanitu-liklaq（惡靈），所以，人的本身就是善惡交戰的場域，一切看個人遵行 samu 的情況來決定哪一邊肩膀獲勝。布農人很怕 masauqzang（飢餓），一般判別富有與窮困，就看是否吃得飽。it'abuq（吃飽的人）或 mabuqan（飽食者）或 haiza'an（擁有者）等，都是指「有錢人」的語詞。年輕人看到耆老要低頭經過，吃東西要讓老人家先用完，甚至不宜 tingas（剔牙），會有詛咒，老得很快，因為那是老人的專利，你學之，自己就變成對方了。

事實上，此等怕遇惡鬼、恐懼詛咒、敬畏長者、憂慮動物、懼怕飢餓等等，多為對於不甚明瞭之事情的心情反應。布農族人口不多，居處深遠高山，又重視自我家族的生活，因此，少少幾人面對無止盡不知處的大自然，不可能有完整之具體的經驗和實務技術足以面對，因此，片面的個人或家人的生活紀錄，就可以被概化並建置成民間理論，再據此處理日常世界發生的事情。很多擔心受怕的問題，都預計會出現在將來，那是詛咒和違規者的命運。而此等未來之傷害，進一步形成了族內教育下一代的豐富素材，長輩天天訓誡晚輩，這不能做，那應該遠離，以及出現哪些跡象，就趕緊避而不見等等話語，不斷重現於小孩四周，漸漸地，一種文化價值觀或說祖訓，也就發展成功。它是紀律，也是律法，人人行之，布農文化特質就是如此。

❽ 高山大海與花蓮

臺灣原住民族居住高山地區者，其語言中多無「海洋」一字，例如泰雅族稱「大海」為 bsilung。原本山區裡溪流構成的「大水潭」就是 bsilung，後來認識到海洋之後，即以該詞彙來稱呼之。不過，到底何時真正見識到海水，則有待考證。按，古時代泰雅族有以 lukus qaxa（貝珠衣）作為重要時間點如婚禮等之用品，而衣服的用貝係起自海邊，傳說中就是與阿美或噶瑪蘭族交換而來，當時有無機會藉此接觸到海洋，仍不得而知。比泰雅族居住更高山的布農族情況類似。南投丹社群 haulvatan 丹大社原鄉所在地有一個 ning'av 七彩湖，被認為又大又深，後來知道有了海洋，就以此稱呼之。大湖泊和大海洋的族語完全一樣，後者有時會加上 daingaz（大），變成 ning'av daingaz。族人到海邊會喝喝海水，發現是鹹的，知道山上山下的 ning'av 的確不同。通常提到南島，就想到大海大洋，只是，像布農和泰雅這類沒有海洋詞彙的群體在太平洋國度裡，並不少見，他們是高山適應的群體。那麼，高山之前，祖輩人群又從何處來？泰雅族的南投 pinsbkan（大岩石迸出）或者 papahwaqa（大霸尖山），以及布農族的 saviq（玉山），是為各該族起源之關鍵對象或地點，惟其從來就不是海

上源頭的記憶。所以，很可能是歷久遺忘的情事。何時遺忘，如何遺忘或被取代，都是值得探討之課題。不過，今日的重拾 bsilung 或 ning'av，總是又一次與海洋連上關係的舉動。

外來移民與國家介入之後，布農族人接觸海洋的日子也就來到，因為政策實行和社會往來較為頻繁，族群朝東部低海拔搬動，以致下山機會增多，而花蓮就在那邊。現在搭火車，都能聽到阿美語播報「抵達 kalingko」（花蓮）了。過去總認為 kalingko 必定就是阿美語無疑，因為花蓮市內和四周平原通通是該族部落。

族語課堂上，TLT 老師說，kalingku[o] 源自布農語，其他布農族人所寫之歷史文本也多見此說。花蓮縣區域在山之後，布農語稱為 Tankinuz，而花蓮市則沒有定稱。後來族人有機會下山至市區附近，赤著腳走在海邊沙灘上，非常灼熱，很像被拿到熱鍋上煎炒。大家說 kal'ingun a batas，batas 是「腳」，kal'ingun 是「被炒」，合起來就是「腳掌被熱炒翻了」。日本人聽到，以為此處就叫 Kal'ing，後面加上 ku 區，即成 Kalingku，花蓮也就定名了。不過，漢人稱此處為洄瀾／花蓮，與 Kalingku 並無關連，很可能洄瀾之稱早於 Kalingku，所以漢名未受到影響，雙名也就並用直到今日了。但是，為何阿美族是此處原居民，卻採用布農語源頭的地名（阿美語 Kalingko，布農語 Kalingku），而沒有留下自己

族語名稱?這是一個提問,當要持續了解。

❾ 男女之別

　　布農族在人類學的社會組織分類上,自日治時期起,就被直接認定為父系氏族社會,而且從未被懷疑過。該族姓名一般來說,可有四層意涵,ngaan（名字）,siduq（姓）,taingka（母姓）,以及五大社群的 takBanuaz、takiVatan、takiTudu、takiBakha、Bubukun 等。ngaan 是「名字」,但,其實布農名譜並不多,各社群有著眾多同名者,因此,往上涵蓋的 siduq（姓）就很重要了。傳統時代裡,各家盤踞山頭,路途不便,因此,各山頭往來有限,甚且敵意頗深,以至於不同 siduq 之間獵首情事不在少。為了避免親族互砍,母姓發揮了重要作用,兩方相互報上名之時,會核對母姓的遠近親疏,以為決定下一步驟的行動。布農人通常不是 ngaan + siduq + 大社群,就是 ngaan + siduq + taingka 自稱,名字全稱非常長。不過,現在則較少報出大社群身分了,因為,各類資訊發達普及,不會再有因為陌生關係而必要強調各個姓氏範疇之需了。只是無論哪一範疇,都是以父系親族為據,這也是父系氏族與世系群會被人首位認定的道理。

　　父系強勢,那麼女性如何自處?事實上,如同前述,

pinilumaq 媳婦是放在家門裡面的人，必須好好照顧，不能支使她工作，也不得亂打她。畢竟，各家族間關係緊張，若媳婦受委屈，恐怕娘家報信，把夫家內部曝光，會危及夫家安全。不過，反過來說，一般情況，父母很少叫 paitilain 嫁出去的女兒回來，因為，每每返家，都需要殺豬，如此便會損失豬隻，有害資源存續，也容易讓女孩夫家產生疑竇。出嫁於外的女兒更是不能自己跑回家，那代表婆媳不合，會有詛咒。maluspingaz 是婚後女子之稱。lusping 原意小母狗，az 是詞綴意為幼小，luspingaz 即是小母狗，引申為女孩子，前面加上 ma，就成了已婚女性，至少 H 系統如是認為。以動物來界定人的身體身分，並不足奇，主要是以大的生育力量為象徵。默契上，只有母親可以打孩子，父親不得為之。不過，長子往往後來會成家長，所以，母親年歲大了，也要依長子之意行事。到了適婚年齡，父母很不願意看到女兒還待在家裡，因為會被視作缺少男生勞動力，還在依靠女生。不過，布農族人的一生，有幾個階段之稱名多採取中性，也就是不分性別的統稱。例如，qudas 是祖父母，madadaingaz 是父母或同輩尊親，masituqas 兄姊，以及 uvaz'az 小孩和 hubuq 嬰兒等。布農族語 TLT 老師曾說這是該族傳統男女平權的表徵，而現在很多人會於各詞後面接上 nanaz 或 nau'az，以示性別，其實都已經違背傳統，以至於失

去平權的價值。不過,依照筆者的人類學理解,這應是親屬稱謂模式的一種,當然可以進一步分析制度原因,但,或與平權與否關係不大。東亞南部漢文化範圍內,凡停經並已是祖輩身分的女性,雖然名義上還是女人,但,她「熬成婆」獲得了和男人一樣的高位,指揮管理夫方一切大權,幾乎等同於「老男人」,這是另一類實質變動而非稱謂改換的模式。

❿ 熊與豹的故事

臺灣雲豹是個謎樣貓科動物,截至目前,只有百多年前英國官員的首見紀錄。之後包括活體與化石骨骸均未有科學證據,唯有部分博物館和一些南部原民部落家庭藏有幾件標本或毛皮衣服。有的學者懷疑是否真有臺灣雲豹品種,也有人認為目前所見的毛皮衣或標本,全都是亞洲其他地方的種類。但是,每一個臺灣原民族群均有豹的族稱,如泰雅語為 kli',阿美語是 lokedaw,排灣稱 likuljaw,布農則是 uknav。它們都非外來語(不過,獅子和老虎等現代貓科資訊進來之後,族人多半也以此稱泛用於牠們身上),而且可以端倪出有共同源出稱謂的跡象。那麼,若沒有臺灣雲豹,為何有其名稱?另外,各族獵打或禁止狩獵雲豹的記憶,以及相關神話傳說故事,均不可謂不豐富。此等族群文化知識,又是從何而來?科學界目

前是將雲豹列為滅絕動物,而非自始就無此種動物。滅絕動物的意思是,過去有,現在已經斷根。而若是自始就沒有,那現存的雲豹皮毛衣服在原民部落裡的由來說法,就可能必須從另外方向思索其來源。滅絕動物的定論仍然難以說服人,畢竟動物的實體骨骼或化石資料尚未於自然界發現。總之,這是謎團。而部分資深族人看到被定論滅絕,總有一份情緒,他們有的擔心因為存有眾多毛皮衣,而可能被誣指因獵殺過度以至於滅絕,從而多會主動揭示過往自我族群禁獵的規定,以避開被指控的風險。有的則是激動指出曾有長輩親友獵殺過的故事,牠們怎可能滅絕,一定還在深山裡。

「雲豹」uknav 與「黑熊」tumaz 的一則彩繪(mazunga)身體(hubung)故事,流傳於數個中南部族群部落中,布農族是其中之一。故事母題講述,有一天豹與熊約好彼此為對方彩繪身體。在一個大石頭上,雲豹躺好,黑熊先行服務,過程順利,豹隻被畫得線條和色澤都 manau'az daingaz 完美無缺,非常令人滿意。之後該雲豹為黑熊彩圖了。黑熊躺著不知情,而雲豹卻不小心弄翻黑色彩漆,弄得熊隻只有頭頸部分未被潑及,其餘變成 mataqdung 全黑了。雲豹嚇壞,跟熊說,你先閉著眼睛,等我離開了,再開眼,這樣會更漂亮。結果大熊照做,隨後睜開眼睛,發現自己變成黑炭,氣極,但,豹隻早已

離去。後來雲豹主動和解，約好以後的獵物，香肉（titi）奉獻給熊，而牠自己啃骨頭（tuqnaz）和咬食皮毛（kahung）即可。這則臺灣深山兩大肉食動物的故事，解釋了彼此都在狩獵，卻不會造成食物衝突事件，因為各自取用的獵物身體部分有異，從而也達到資源不浪費的效果。另外，山中稱霸者仍是黑熊，雲豹只佔了美麗虛表，而熊隻雖黑醜，卻獨吞獵物身體的絕大部分精華處。故事如此，就是人們對於自然界定義的內容，他們給予動物分類，也充分表達出族群自有的動物知識。

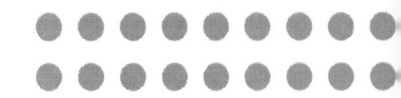

PART III

「族語民族學」的亦顯亦隱

臺灣有一個「族群」與「民族」二個概念的隱性之爭。它們從沒正式揭示比較各自道理，或者以論壇會議來討論，但，私底下都是堅持己見。簡單地說，就是人類學慣用「族群」，而民族學則非「民族」不可。

族群可能強力宣揚理念或有所行動，但也常常鬆鬆散散，有利自己者就選用它，不利之時，避而不談。人類學感到有趣，於是就持續分析文化於其中的關鍵作用，所以說，人類學是研究文化的，而不會說是研究族群的。至於民族學，顧名思義，民族必須鋼鐵般的固制不動，一個國家有幾個民族，就是幾個民族，其範疇領域和各項特質也是規矩圈定。

那麼，什麼又是「族語民族學」？近四十年來的原民社會運動（人類學說族群運動，民族學說民族運動），已然喚起並建置完成了原民自我主體發聲的宏大力量，各族各部落紛紛群起護家護社護族行動，其中包括我群歷史文化和社會生活的定義與闡述，此時，族語幾乎就是過去原民無聲時代，他人寫作民族誌時極少或說根本無法

觸及的要項。百年來,他人依靠翻譯來寫成書,而且變成權威。

今日,原民不再盡信此一學術系統,他們起而以族語專詞或說法,來重新建構我群歷史文化與社會生活。這是民族鞏固的力道,也是新民族學或說「族語民族學」的發凡。多個族群已然出現專業本族學問,而其中的發表,最引人注目者,就是族語在其中的處處可見。他們以族語新民族誌,來超越過往舊民族誌。

書寫系統公告之後的原民文化景象,是一個值得探討的課題。以前只有中文,現在有雙文字的使用機會,這對原民各族來說,不可不謂是新世紀的文化大事記。不過,對於過去的原民社會文化知識建置者來說,此事彷如不曾發生,也就是說,他們幾乎都是非原民族人,新的書寫系統似乎與其無關,那只是供族人自身學習所用罷了。

筆者上述說法的證據在於,這二十年來,極少有研究者對過往民族誌以新式書寫系統進行校正。畢竟,以往很少在研究報告中積極使用族語,那表示作者自己本身不通族語,以至於對今日的新文字自然也是不懂,或也不存有一份感情。不過,此時正是宣告族人起筆回歸校正的開始。在「族語民族學」的創造文本裡,人事時地物的族名、概念的用詞、祭典的用語、關鍵文化用字等等,都是寫作者們拿手的絕活。過去學院制式學術所關注者,只限於少少幾個族語單詞,此事對族人作者來說,的確道出非族人研究著作「深度」的不足。畢竟,不會族語的外人,永遠不會知道真正文化的所在。族語是族人擁有的唯一祕寶。唯一祕寶的另外一個意思,就是外人研究者足足錯失百年學得族語的機會,今日當然必須面對「族語民族學」的全新挑戰。

「族語民族學」・阿美篇

　　「族語民族學」是一個現象，也是一個發展，更是一個尋求與外界對話的努力，或說是一個內部相互鼓勵的社會運動。阿美族的「阿美族學」建置，就是一個典型的例子。一個學科或類學科的產出，當然值得探討，而此處所稱的「阿美族學」是百分百由阿美族人自我建構宣揚的例子，而非傳統研究性學術學科係自百年客觀積累研究成果所醞釀出來的類型。因此，「阿美族學」必定和族人的站出來與自己及世界對話有關。其中，阿美族語是利器，也是該族於大研究場域裡，唯一可絕緣於他人的陳述或解釋依據。期待中，阿美語詞彙字句在「阿美族學」的文章中，必定充沛有料。

　　在「阿美族學」名下，迄今至少出版了三本重要書籍，它們都是論文集類的專冊：《Misafalo 播種・萌芽：阿美族文化的傳與承》（2019）、《文化・歷史・傳承：一段走過的記憶與實踐》（2021）、《走在田野路上的對話與實踐 *Masasowal, Mipalolol a Midemak to Taneng no To'as i Lalan no Palapalaan*》（2023）。三本分別被標示為「阿美族學資料彙編一、二、三輯」，也都由臺東縣阿美族學學會 Mikihecoday Sa'opo tono

'Amis Finacadan no Posong 出版。單單書名和出版者，就大力展現出族語的鮮明位置，而訂題意涵更是多次強調傳承與實踐。族語代表傳承，實踐則直指族語必須積極使用。第三輯封面列載十四位寫手中，有十二位阿美族人，本族名字都列於上頭，更是我族專域的象徵。

在 1962 年中央研究院出版阿美族研究經典著作《馬太鞍阿美族的物質文化》一書的五十七年之後，臺東縣阿美族學學會成立，並接續出版如上各冊專作，也成了另類經典。前後經典差距在於近乎六十年前的寫手為由李亦園領軍之非原民學者團隊，後者則可謂清一色阿美族人。一甲子時間大約三個世代，這期間的變動著實驚人。而「阿美族學」命脈的長久之計，無非就是理念上不停地呼籲堅持自主意識，而實踐上則大力於文章中推出族語比重。族語代表著阿美族，而它正是一般研究機構所瞠乎其後的要項。

學會領袖們擔當起理念的宣揚。第一輯時分，高淑娟 Panay 說：「以適合我們的方式研討，以我們認為的架構為出發，進入族群自我知識建構的潮流」（2019:3）。Safulo A. Cikatopay 蔡中涵強調：「找回原來的我們而不是別人隨意給我們的你們是誰就是誰的烙印。長期以來，他人以他們的視角為我們書寫歷史……，我們要翻轉這些不公不義的表達方式，拉回到正

道」（2019:5）。Tokong Sera 汪秋一則多次提到「阿美族學」主體性的重要性（2019a:9）。三位先進到了二年後的第二輯，持續闡述觀念，並有了更具體的提示。蔡中涵表示必須從文化的脈絡中找回自己，而文化的脈絡基礎就在語言（2021:7）。Tokong Sera 汪秋一重述學會成立「就是要倡導阿美族自主地推動阿美族學學術研究風氣，建構阿美族學的知識體系」（2021:12）。Panay 高淑娟提到，「如今已有更多族人用寫的說的，以自助研究來建立部落的故事，……」（2021:16）。到了第三輯的 2023 年，Safulo 蔡中涵的序言，直接以中文和族語文字並列，先族語再中文，一段段排列，充分顯現其對於族語足可代表阿美族學精神的意念。尤其是他在文末寫的一段話，更能反映自身的期望。「唯一感到遺憾的是，論文的題目全用中文，其實可先寫阿美語再寫上中文，以彰顯我們的主體性。這是我們以後要努力的方向」（Safulo 蔡中涵 2023:11）。該輯另邀來少多宜・篩代寫序，他是以先列出整篇族語文，再以「華語譯」的名義翻成中文。

關於 Safulo 蔡中涵指出的缺少族語篇名的問題，其實五年前的第一輯，已經有作者注意到了，那就是 Sawtoy Saytay 少多宜。他的文章就訂名為〈Padiw-karengawan no sowal 歌謠即歷史〉（2019:71-97）。文中所論的各個歌謠內容，也都是

先鋪成族語，再有中文。而 Tokong Sera 汪秋一的題目則第一字就標示族語 Mipaloma 播種（2019b:143-189）。縱使如此，這已是先進作為，也慢慢透露出「族語民族學」的顯形風采。到了第二冊，汪秋一 Tokong Sera 仍秉持前例，人名呈現出 Lifok 'Oteng 和 ina Dongi（汪秋一〔Tokong Sera〕與馬玲華〔Panay Tokong〕2021:19-44），使得文章標題有族語單詞，象徵族語於族群性範疇裡的代表位階。Safulo A. Cikatopay 蔡中涵序言和所提繳論文題目皆未有族語，惟文章內部介紹各個年齡階層及相關祭典時，均有充沛族語稱謂的露出（2021:45-116）。這在陽昇宏 Sawmah Alukuy Pacidal 的馬蘭會館擁有權利爭取過程的長文裡，也見得到（2021:117-232）。積極於文中呈現族語者，無疑是黃東秋 Akiyo Pahalaan。他不僅文章題目是〈O Focacing to Sapitilid to Sowal no Amis 阿美語言拼音文字的巧與美〉（2021:273-331），各個章節也都是族語帶著中文，更遑論內容討論阿美語書寫文字所不斷出現的族語詞彙。總之，第二輯在題目章節以及內容上，其出現之阿美語字詞頻率高於第一輯，在在凸顯如何彰顯阿美族學的價值，一切端看族語的有效顯性。

第三輯書名《走在田野路上的對話與實踐》即配有 Masasowal, Mipalolol a Midemak to Taneng no To'as i Lalan no Palapalaan 的族語，

而在前二輯方面，唯有第二輯有著 Misafalo 單詞的族語書名。整句族語的出現，要一直等到第三輯現身。除此之外，十四位作者裡，阿美族人有十二位，每一位的母語名字全都列於封面上：Panay、Sawmah、Taruh Payu、Kacaw、Tokong Sra、Panay Tokong、To'as Nikar Fasay、Apuy Putal、Lamlo、Dawa、Akiyo。這又是創新之舉，族語與「阿美族學」的無法分割屬性，更加被凸顯。基於 Safulo 蔡中涵的呼籲（2023:6-12），三篇序言和主編的話都以族語前頭中文後面的方式呈現。其中包括：Sawmah 陽昇宏的〈Kasakapot ato 'inolong, Fadihang no lalosidan no ponka 階層責任、文化資產迴響〉（2023a）；Sawtoy Saytay 少多宜・篩代的〈Sapa'icel a sowal 勉勵的話〉（2023）；Panay 高淑娟的〈O kasasowal ato karoakat i lalan no palapalaan 在田野路上的對話與前行〉（2023a）；以及 Safulo 蔡中涵自己的前舉該篇。至於各篇文章的確除了專有名詞人名、地名、和年齡階層名稱之外，少見有以族語列出題目者。不過，雖然如此，像 Sawmah 陽昇宏文裡的建築構造、器物用具、以及祭典儀式等等多有族與名稱（2023b）。Taruh Payu 陳曦文章（2023）亦然，其中還包括各氏族和公共與私人祭儀阿美族名稱。Tokong Sera 汪秋一和 Panay Tokong 馬玲華重論 Lifok Dongi 黃貴潮阿美族口傳文學，也列出不少各故事的關鍵族與詞彙（2023a）。黃天來 ci To'as Nikar

Fasay 書寫歌謠，自然也寫出了阿美族語的內容（2023）。這在也是研究歌謠的 Apuy Putal 阿布伊‧布達兒文中，表達得更為淋漓盡致，幾乎阿美族族語歌謠傳統精華悉納入其中。Tokong Sera 汪秋一和 Panay Tokong 馬玲華另文的文學作品討論（2023b），篇篇亦見族語文字。Akiyo 黃東秋此次不像在第二輯裡題目即現出族語（2023），不過，因為也是探討歌謠，族語的完整說明似乎就是必要的。最後 Panay 高淑娟介紹自己的舞團，各舞碼的阿美語內容亦是具體呈現（2023b）。

　　阿美族學的三本書當然不夠代表所有，但是，他們集中力量定期展現族群文化語言之聲，實可做為當代阿美族「族語民族學」建置的範例。從書名封面經作者名字及至篇名內容，均可看到隨著時間發展，族語的關鍵角色已然被建立。沒有足夠的族語表意，大概就難以成就「阿美族學」的精神。正在學習阿美語的用功人如筆者自己，閱讀到諸多阿美族「族語民族學」著作，頓然獲致非常具備文化人身份的幸福感。

「族語民族學」・泰雅篇

　　阿美族學學會 2018 年 3 月 10 日成立，次年立即出版了第一輯論文集，甚至每隔二年準時地陸續出版後輯，效率極高。後節會討論的「排灣學」2017 年即有首書出版，也是後續看好，至今三輯完整。而部分泰雅族人於 2021 年 12 月 4 日於桃園發起「泰雅學」籌備會議，惟迄今尚未見到成果，可能疫情影響，也或許遇到困境。基本上，發起容易，維繫則難。缺少堅定意志的領袖與組織，具體的工作發展，必會受到阻礙。不過，不一定需要有一個「學」字領頭，才有見著「族語民族學」的可能。也就是說，事實上，泰雅族菁英研究者，自己努力之下，已然有強大建置並推廣「族語民族學」的成績。其中 Hitay Payan 黑帶巴彥就是典例。

　　Hitay Payan 黑帶巴彥（曾作振）2022 年出版大本書《泰雅文化新編》。這是他努力多年的總成果。他說：「最擔心的就是我泰雅族人未來族群生存的危機」（2022:14），所以，寫就該書「讓泰雅文化能夠全盤性且很有系統的呈現給讀者」（同上，頁 14）。包括 Hitay Payan 在內，大家都知道泰雅研究已超過百年，不少學者也有類似系統性書寫該族的企圖

心，而且日文中文論著亦是不乏佳作，所以，《新編》該書的初版背景，大抵就只剩自己族人寫自我部落族群的動機了。這時，百年來的積累，被認為全屬外來者，那是一個他人的詮釋範疇，而當下的我族我書，則是全新思維的落實成果，意義非凡。然而，前後著作除了新書作者我族身分之外，還有何差別之處？答案就是族語出現的懸殊比重。新書族語滿佈，舊書零零落落，而且多未有經當代校正。

Hitay 是書與學院的古典民族誌文本架構並不相同，主要是編排介紹泰雅文化的章節，一般不會首章即寫族群文化的關鍵概念，而多會從農漁獵畜生活面向與社會制度談起，但，Hitay 為了凸顯泰雅 gaga 的重要性，一開始即安排首篇〈泰雅族 Gaga' 的探討〉，以及次篇〈Gaga' na 'Tayal（泰雅族的 Gaga'）〉，然後在這 200 多頁 2 章 11 節的篇幅裡，即率先在 gaga 名下把包括飲食、生計、精神、技藝等等範疇在內的各項生活點滴，大量地列出相關的族語字詞句子。後頭還有 300 多頁的各篇章，也是如此模式鋪成，對於習慣於過往民族誌以國際人類學詮釋觀點和分析理論來說明原民文化的讀者來說，應是一項新經驗。以前可能會跟著學到一些歐美學術詞彙，而今本書提供者，則是本土該族的豐富語料。學院借重英文，本族強調族語，而探討對象卻是相同的一群人。文化的闡

述篇幅藉著族語進駐而加倍，也是足以肯認之事。只是，族語的呈現其實在學院時代，也早已是研究者的夢想，無奈不通語言難以達成目標。當然，少部分類似 Hitay 書頁 83-86 紀錄環山部落族人向 utux 祭祀之長篇用詞，也見於學院民族誌，但，那往往都是費盡老力，一次次重譯才有可能。現在的族人寫手主導「族語民族誌」，當是嘉惠更多學界有志者。

　　得到金鼎獎肯定的尤巴斯·瓦旦 Yupas Watan《魂魄 YUHUM》一書（2022），是歷史小說，寫著日治時期泰雅族 slamaw 部落與日軍慘烈作戰的故事。作者是大安溪流域泰雅族人，也曾攻讀過人類學博士學位，自然知曉民族誌的樣態，甚至瞭解其可能展現的魅力。於是，族人加上人類學背景，就此寫了一本經典的類民族誌小說。難怪他會給自己的序言訂名為〈當你遺忘泰雅文化，就來讀這本書吧！〉誰可能遺忘泰雅文化？當然就是劍指自己同胞了。畢竟，他族人不需要承襲泰雅文化，因此也無所謂遺不遺忘之事。全書上下冊有著詳實的史事記載，精彩的人物描寫，生動的文化典故，細緻的戰事演變，以及精工的環境說明。作者主要闡述族人不屈不撓英勇事蹟，也對主流抗日歷史論調提出挑戰。總之，好書大家讀，而那作者殷殷告誡的「遺忘」警語心聲，就在其大量族語用字上，表露無遺。

Yupas Watan 書中的族語主要有二大類。其一是文化祭典儀式或與祖靈溝通時的講詞，如狩獵儀式中以獸毛祭祖，說著：「pnuwah mu balay inlungan may ku kumis hani, snean niya ui ungat bais niya, glwani cikay, ana mnaki rrgyax ru siyaw bsilung ga, glngani aras sqani, aras sku ciyaw mu han, re mpegluw runi」（虔誠獻上此生命 [毛] 給祢，它孤孤單單的沒有同伴，請祢憐憫它，不論天涯或海角，祈求祢引導牠們（動物）前來，常到我的這個陷阱裡，使祂們有伴）（2022:63-64）。其二是作者配合場景自創的對白，如「Laqi, laxi ngili. Laqi, laxi k'ui. Laqi, laxi ptkari. Ingi bu' rozig su, psiya rqyas su ki, usa usa laqi, nyux su nagun yaba ki」（孩子，不要哭泣。孩子，不要失望。孩子，不要流浪。擦乾眼淚，展開笑容，前進前進孩子，爸在前等著）（2022:49）。前一類族語或許人類學者較感興趣，而後一類族語，則滿是文學造詣的成分。「族語民族學」係以大量族語隱喻出我族本樣模範，不論人類學或文學素材，通通納為己用。

「族語民族學」・排灣篇

　　「阿美族學」開始運作的前二年，也就是 2017 年，在「排灣學」名下就出版了「排灣學資料彙編第一輯」《刻畫排灣學：文化的持續與變遷》。第二輯《深耕排灣學：空間的呢喃》與第三輯《探究排灣學：知識體系的建構與連結》，分別於 2020 年和 2023 年出版。「阿美族學」每 2 年一輯，排灣學每 3 年一輯，後者相對低調，除了主編 Tjuku Ruljigaljig 李馨慈之外，三冊封面都沒現出族語文字。「排灣學」不若「阿美族學」重視改換面容，族語畫面積極躍出。除此之外，三輯的前言，也就是應該是序言的位置，都是同一極短文，也未列出作者名，亦不像「阿美族學」之領頭人，在各輯極盡發揮，序言已是洋洋灑灑，清楚道出自我族群書寫的必要目標。「阿美族學」序言的族語，隨著新的一輯現身，數量與密度愈來愈多，而「排灣學」則淡泊簡易，前言始終不見族語表意。

　　不過，低頻調的不見族語之封面與前言，並沒有阻攔其亟欲表彰的我族自主意識。三冊訂題已有巧思，第一、二兩冊分別呈現「文化變遷」的純學術理念與「呢喃」之文學想像，

到了第三冊，副標直接寫明知識體系的建構與連結，其意就是我們「排灣學」自我知識體系必須有所建置。尤有甚者，自第一期起，凡是族人作者，即自動展現族語功力，在各篇論述中，極盡所能以族語原樣來說明自我歷史文化，這是實踐的默契，不需領袖人物序言指導，大家即可自動表現。建立「排灣學」，無論如何，族語的第一位階，早已是最高共識了。

　　不過，有趣的是，雖然第三輯書名明顯地呼籲自我知識體系建構，但，卻也是邀來最多非排灣族人作者的一輯。也就是說，第一輯訂名的文化變遷學術課題，到了第三輯依然有效，縱使殷殷期盼我族知識自我建構的理念已然傳達。一個清晰的現象就是，族人的研究主題，多數是關於祭典儀式的細緻描述或者統籌說明，其中當然必見大量族語露出，畢竟，若無族語詞彙，大抵對於傳統生活的寫作，就很容易失去地氣味道。剛好第三輯有個前後半分水嶺，前面多為非族人文章，主題較為廣泛，而後半族人作品，則集中本族文化，大篇幅地寫出族語引領的傳統知識，而據悉，這也是過去學院研究著作所相對缺乏者。

　　「阿美族學」堅持要有「族」字，是「阿美族學」，不是「阿美學」。而「排灣學」則未使用「排灣族學」一詞。從「阿美族學」各期領導成員序言中，可以領受到必須有「族」字的

意義，因為大家強調自我族群的完全發聲，從而與他族的阿美族研究截然區辨。「排灣學」的理念比較接近開起門來與傳統學界相呼應，大家一起探究排灣，而不以本族立場為唯一。第一輯的排灣作者占比 8/10，第二輯 3/5，第三輯 6/12。前二輯各只有二篇作者非排灣族人，第三輯出現了半數，也就是六篇非本族作者。一方面可能「排灣學」的寬廣連結特性，鼓勵了非排灣作者的投稿，另一方面卻也因此淡化了族語在書中的出現頻率。也就是說，非排灣作者的文章，通常極少見有族語出現，而本族作者自然而然族語盡出，文章的「排灣學」特色盎然。

當然，本族作者文章也有族語出現超多或一般之分，前者如第一輯的林難生 Paljadrek Mulaneng 的〈Supaw 部落與其傳統歌謠 Paljegljeg〉一文（2018[2017]），介紹部落地方時，諸如 maudrusadrusa、tjikarabang、tjidrari、tjadjaraljap、tjaualim 等等地名清楚寫出，有如族語地理學的知識。談到一種歌唱狀態的 paljegljeg 之時，歌的曲詞與演唱程序，以及綴詞與襯字助詞的出現點，就在文章後半部分，幾乎是若缺了族語，一切當為枉然的狀態。知曉族語的讀者看到本文，必會興奮不已。包惠玲（包括第一和第二輯各一文）（2018[2017] 與 2020）與余明旂（2018[2017]）分別描述女性巫師 pulingau 和男性祭師 lamaljen 的成就儀式專家過程，每一步驟都有族語稱

謂，亦被詳實記下，排灣風味完整地架構了文章。其餘文章雖然族語數量稍少，卻也多能點睛式地現身，其價值成分仍高。

第三輯後半是「排灣學」研討會部落文史場次文章，一共收錄三文，皆是族人寫手在部落角落深處或者公共場域尋覓傳統的紀錄與詮釋。來義鄉 vungalid 望嘉部落的 papuljiva 送情柴儀式，是收穫祭時的青年男女重要活動，當事者準備好代表不同意涵之樹種的木材，送往對方之處，以為日後雙方關係發展的基礎。作者林曉娟 pauni kavulungan 盡其所能，記下其間各項族語稱名，留著文化生活之紀錄（2023）。尤淑華 Uljiyan Lalaungan、連芷若 Mani Palaudran、陳力邦等所著之由 takamimura 和 payljus 二部落遷居組成的南和村出生禮俗（2023），也詳記自出生至成為文化所認可的人之歷程，其中之各個族語詞彙，正是看見排灣學的關鍵秘笈之一。第三文的劉雪鳳 qadeves ridiv caljas tjainavalj 寫著 Tjinalja'avusan 來義地域文化範圍的 pulingav 靈媒（2023）。pulingav 是熱門課題，而該文的特色是區辨了該地區著名之 tjimu 箕模人系統與排灣系統之別。同樣地，我們也獲得了多個族語說明的新資訊。

「族語民族學」・布農篇

　　布農族沒有聽聞籌組發展「布農學」的事蹟，原因不詳。不過，回憶修習族語課程之時，授課教師不只一次提到布農族重視自我家族世系，各個大社群之間少有合作完成任務的紀錄。白話一點講，就是缺乏團結的動機，更遑論實踐的作為。是否屬實，尚待多方考證。不過，縱使擁有大團結細胞，就一定能如阿美族與排灣族一樣，成就出專學，自己有人才，有系統地重整我族人文社會課題之研究？當然也是個提問。布農族受到重視的文學作家人數眾多，而且一代代接棒，似乎顯現其知識菁英養成策略成熟。不過，文學是一件事情，研究分析則有另外屬性。若有「布農學」那應該是和「阿美族學」與「排灣學」一斑，是屬於非文學類的人文社會科學領域，那是在客觀研究，而不是個人才氣創作。那麼，布農族的這類研究者何在？有人嗎？有的！或許就如同彼此分立的各家族世系一樣，沒有整合在一起罷了。

　　海樹兒・犮剌拉菲未改回族名之時是余明德。他比任何人都早宣揚族語正是訂正學院研究報告的利器。不知族語的外來研究者，必面臨著亟欲了解被研究文化的巨大障礙。於是，

海樹兒似乎就在不易找來共伴之情境下，個人努力不懈寫作出版，意圖以「族語民族學」之姿，重建布農族社會文化文本。其 2006 年《布農族——部落起源及部落遷移史》一書，是為經典的「族語民族學」作品。會說是經典，主要是該書問世，遠早於「排灣學」的 2017 年以及「阿美族學」的 2019 年首本專著出版時間。

　　後來各個族之學的論文集多數文章寫法，其實在海樹兒該書多可以找到跡象。比較明顯的就是每個單詞盡量也標示出族語，人名地名物名超自然靈祇名字等等必然有其族稱，羅列老人家講述故事的逐字稿，神話傳說版本之完整錄下，以及各種相對比照表格呈現於後等等。尤其該書主題為歷史，也包括或稱史前史在內，因此，各類一般研究者難以細緻問到的資訊點滴，作者均以自身擁有的族語能力，予以充沛地落實寫滿。這是「族語民族學」的典型模式，海樹兒當屬前輩倡議與執行者之一，他的意念與稍後幾年出現的各個族之學領袖們和參與者齊同，也就是必然要以族語來鋪成一篇述說自我社會文化的稿本。藉此縱使不是標示自我優越，至少可以與他人的寫作一分你我。

　　與沒有族之學組織發展的泰雅族一樣，即使闕如「布農學」的名義，個人寫手在自我領域上，仍見著展現出族語民族

學特色的作品。Tiang Istasipal 余榮德的《HUHUL 山洞》一書（2018）可為例子。布農族作家沙力浪在該書序言寫道：「這一本族語小說，……用口語來描述傳統生活情景或介紹布農族社會文化現象，包括山林、狩獵、祭典、部落生活、童年回憶等，透過這本小說呈現布農族文化的各種意象」（Tiang Istasipal 余榮德 2018:5）。是書作者認為若族語削弱到達一定程度，布農族群將被迫走入歷史的灰燼中。這個責任是任何世代所有布農族人需要共同承擔的，是責無旁貸的」（同上，頁 13）。這本書章節少，就三篇：avuk（揹帶）、punal（土石流）、以及 unpu'（斧頭）。它們分別講述祖孫三代家庭養育過程、生業方式變動與外族接觸造成社會解組、和一個孩子成長歷經失敗挫折及至幡然覺醒終而求學成功等的敘事。整體來看，它呈現了布農族百年間與大社會逢遇的艱難事蹟，是一部迷你規模的歷史民族誌著作。重要的事，全書都是先半頁族語，再來才是半頁中文。因此，不只關鍵文化概念使用族語，連一般日常說話，整個就是布農世界場景。那是當代「族語民族學」寫手的夢想，唯有如此，才真正能代表自我文化情事的內涵。

　　卜袞・伊斯瑪哈單・伊斯立端 Bukun Ismahasan Islituan 的詩集《山棕　月影　太陽　迴旋：卜袞玉山的回音 Asik.

Kaihaninguas Buan. Vali. Panhaizuzu: isBukun tu Painsing'avas Ludun'usaviah》（2021）是擁有類似特質的另一本書。小說可以呈現民族誌資訊，新詩自然也可以。該書 48 篇長短不一詩文，盡數寫及布農族的生活領域與日常脈絡，而且也是先族語再中文的二頁對看版面，所有族人非抽象詩意之作息用語，全都上榜，那是民族誌的精華之一。描寫月與日的篇數最多，因為布農族人傳統拜月，而神話裡，月亮更是源自太陽。此一與大自然外加超自然互動的文化，盡悉於詩句中。人類社會的範疇包括生業、狩獵、家屋、田地、生產、養育等等，都不缺席。最常現身的鳥類與蛇類如巴特鳥、嘟嘟鳥、黑麻雀鳥、憂鬱鳥、憂悒鳥、鳥雀、鳳頭蒼鷹、繡眼畫眉鳥，以及青竹絲、赤尾青竹絲、錦蛇、大蛇、巨蛇、百步蛇等與布農人天天交關生活，詩人也不吝訴說其與禁忌、狩獵、預言、寓話、共生的故事。其他如貓頭鷹、彩虹、梅花鹿、白腹老鼠、大螃蟹、黃螞蟻、祈禱小米豐收曲、頌功宴、菸斗、穿山甲、會放屁的人、沒有睪丸的人等等諸多具體或象徵元素，也都加入說法，族群動態感十足。我們唸詩，心靈啟迪，卻也同時進入了布農千百年生活史。

PART IV

翻前閱往的後頭話

寫書至此，回看四年修課外加又三年的今日，有了這十多萬字稿本，它可能代表什麼意義嗎？其實筆者自己並不是很清楚，就是很想寫下來吧！

學族語者有多少，精確人數不由筆者統計，但，每回族語認證考試，總是看得到小年輕行色匆匆，偶也見著小小人潮，因此，想必族語有其特定價值，至少這些應考生或都曾是學習者。在此前提下，筆者本書的文字，正期望帶出些許參考作用，有志以及有愛族語的人們，可以閱讀呼應。尤其四年學習紀錄以及「族語人類學」和「族語民族學」的加乘述說，一起組成本書的兩大內容範疇，協力引起大家進一步興趣，鼓勵拉拔，激發想像。

提到想像，在此不由得再回到前文的大背景鋪成章節，那是族語學習之外的心得，當然大比重奠基於筆者自身的人類學背景。書末結語的部分，先是再來一回學了四族語言之後的綜看臺灣南島語。接著提綱提醒「族語人類學」與「族語民族學」概念被提出的初步價值。

臺灣南島語再想像

　　從 2018 年 9 月開始，至 2022 年 6 月，連續四年，學了阿美、泰雅、排灣、布農等四個原民族語。學習的素材來源主要有：（1）教師課堂發給學生的講義和黑白板或 ppt 上寫的資訊、（2）「族語 E 樂園」、（3）書店購買的書籍、（4）公務機關出版的專冊，以及（5）參加活動或在部落或族人生活領域之所獲等。多年下來，各項資料已然堆滿書房。筆者老輩，習慣紙本閱讀書寫，所以，盡量都將前列各項素材予以紙本化，然後自己在上頭註記筆畫圈點等等。若將四個族語分別比較，那，第一年的阿美語當然最為高塔。也就是說，資料堆積，可謂成樓。一個最大要點就是，當時每一項資料，一定拿起筆，在空白紙上邊唸讀，邊多次寫字。一年之後，發覺自己已經用掉了幾十本簿子了。想想超過半世紀之前的小學時刻，到底有沒有如此用心練字啊!? 初中背英文單字，有如這般拚命？答案恐怕都是否定的。總之，2018-2019 的一年，親友常常看到筆者，鋼筆墨水消耗快，然後回收紙類並未增加，因為寫滿族語的筆記本，全留下紀念了。

　　不過，到了第二年的泰雅語，突然自動不練習寫字了，

就是資料書本直接拿起來閱讀觀看，嘴裡或會碎碎唸，但，不會出手下筆。而且一直到布農語結束之際，都是如此。為什麼？自己也很難解釋。有一個佐證就是，像阿美語時期的寫個不停，也沒用啊！並沒有因此就學得比較厲害，何況後來的中高級考試，也沒因平時寫得遠比其他三語多的多而通過。泰雅和排灣的中高級考試，雖然也沒過關，但分數還高於阿美語呢。其實，像南島語這種類似英語之以字母組合而成的語言詞彙，背起一個，算一個，只要唸的精準，背起來且記得住的機率就高很多。第一年算是專門讓自己發音練習，等到習慣於南島語的特色了，接著學第二或第三種語言，也就不那麼害怕緊張了，反正就是唸出來。會唸就會寫，事半功倍。

　　一口氣學了四種族語，這是很少見的嗎？筆者的經驗，好像是的。換句話說，少有看到原住民會對自己以外之另外部落群體有興趣，至少我的四位族語老師，就幾乎未曾表達過關心他族語言的意見。排灣 MZG 老師偶爾會說，聽說阿美語和排灣語很像，例如水 zadjum 就一樣，而問候語「大家好」的「大家」一詞 mapujat 和阿美的 mapolong，也類似。但，那也不是一種研究企圖或有想深入探究的態度。老師們多半享受於得以掌握自己語言的情境下。興趣缺缺是當代現象，還是自古如此？筆者的初步認知是，一切以社會形構的條件決定。過

去臺東平原多族往來密切，一位卑南族長輩曾告知筆者，當時他們各族語言都會，因為天天接觸。今日的情景已大不相同。各族各部落必須全力對應漢人大社會，於是華語和福佬臺語成了溝通語言，自然而然其他原民族群就失去以往密切互動的條件，彼此很快生疏。現在所剩唯有自己的族語和大社會的通行語罷了。然後，後者還常常居主位。

這四個族語，筆者在學習過程中，總會不停地思考許多事情，而且因為已經有多個語言的經驗，就會不自覺往整個南島大範疇方向想像，這很有趣，卻也冒險大膽。四族剛好布農在高山，泰雅住山區，排灣在丘陵，阿美在平地。臺灣地形分布，從極高山下降至海平面稍高一點之處，都有南島系原民群體居住。生活環境的情況，可以從族語看到重點。像山地居所的布農與泰雅，就沒有海洋此一詞彙，他們後來才不得不自原本稱呼較大湖泊的 bsilung 和 ningav'，來翻譯大海。而住在平地或接近平緩區的群體，當然就有海的名稱，阿美是 riyar，排灣是 ljavek。不少人直接將南島語族和海洋相等號，於是「海洋民族」一稱就被廣泛使用，只是看到布農與泰雅的傳統實景，該稱實則只是一個不科學的鬆散話語。

南島語理論上有一古代共同祖先。也就是說，一群人操用同樣語言，而他們經過時間的演進，變成了今日超過千種互不

相通的語言狀況，還得經語言學的科學證據，才能獲知原來這些語言來自同一地方。千種以上的語言群體，卻早已忘卻同祖的過往事實。他們的來源神話或傳說，多半與理性客觀祖先探索無關，從而只是充滿超自然或虛幻世界構造的想像。從各族神話傳說內容，要上推尋覓南島客觀祖源，幾乎是不可能的任務。唯獨依靠現代科學學術，方可稍稍理出些許蛛絲馬跡。

　　從臺灣的例子上來看，分居不同海拔地區的布農、泰雅、排灣、及阿美等四族，自詞彙比對，的確有部分可以找到類同處，語言學直接認證它們當屬同源。不過，單詞在語言溝通上，並不具實際功能，也就是說，有一些類同單詞是真的，但，無論其數量有多少，都難以依此來拉近不同語群間的距離，不同就是不同。今天所謂的詞語相近，不過是科學家找到的實驗室或研究場域裡的共識罷了。臺灣四族語言告訴了我們，原民自同祖外移的那一刻始起，即極力追求各個分群的獨立自主，亦即，到了一地，即刻快速發展自我與在地的連結，界定或形容新地方的新詞句不斷被創造，很快地，新創的部分，就遠離祖先套路了。我們似乎看不到各個支群堅持祖先種種語言傳承的跡象，新發明和新創造遠遠超過對祖先的依戀，於是，日子一久，就僅剩聊聊備格的幾個字彙，留待千百年後的語言學專業依此來提醒大夥兒同一家的趣味通知。

現在的族人對他族的語言無感，也就是少有主動習得認識的動機，但，明明各族語言來自同一源頭，倘若有以祖先時空為要的思維，就應會產生多多接觸他族知識世界的需求，如今所見，情況剛好相反，各族各群各自為政，均行唯我語言為核心的「南島表現」。此一「南島表現」是極其微觀的「迷妳南島」，它只拘限於一個點狀範圍，相較於今日社會揭櫫南島為名的傳媒或公私活動，根本不成比例。「超微南島」相對於「擴大南島」，前者是日常客觀事實，後者則屬特定短時的預算加持事實。當今臺灣，少有人看到此一景象，僅以籠統的多族多語的道德性化多元價值來定義臺灣的南島，只是那是一個空泛的存在，稍縱即逝，歡樂跳唱迎賓之後，又回到彼此不欣賞對方的超微「南島模式」。語言也因此各自學著，各自負責成敗結果，或者各自語言掌權者只會標示自我語言之雄偉，而沒有宏觀跨足他族語言世界的興趣。興趣養成當然不能勉強，但是，大家全都滿足於「超微南島」的現狀，以及享受南島祖先在此的幻覺風光，而從不用點力氣投入多一個語言的學習，以期踏步貼近認識祖源語言世界，想來，真的有些許失落。

　　考古學者常會以南島語詞彙中出現的共有動植物名稱，來推斷地理環境合於此等生物生存者，可能就是起源地。人類學家會以文化表現相近，來連結各方的關係，例如，南島語族

群體的紋身文面習俗。而語言學研究者則多以出現之詞彙接近率的多寡作為關係遠近之判准。只是，動植物名稱指涉的地理範圍可能非常之大，那麼，宣稱某一大區域如東亞大陸南方加上大陸東南亞東部，是為南島起源之地，到底有何意義？畢竟，那是籠統空泛的說法，沒能有效解決祖源是操用同一語的一群人假設，因為，大亞洲東面過去數千年間，總有無數語言文化群體在此活動，根本很難去規範到一個史前特定語群之原始基地的所在。文化的接近推斷，也是問題很大。像前舉紋身文面之俗，單單臺灣大抵是 1/3 與 2/3 的對比，有紋身文面者較少，無者則占多數。臺灣以外南島地區情形差不多。因此，紋身文面顯然不是最多共享文化，更遑論各自紋文之舉的理由，天差地遠，實在無法單看有無紋刺表面來判斷。此外，像日本北海道愛努族先住民也有紋畫雙唇四周的文化，但，他們無關南島族系，而是北方民族的自我獨立系統。至於語言詞彙的類似詞表的提出，也不能幫忙解釋什麼，因為，就全數單詞數量來看，彼此似有接近性質者，根本仍是少數。大家常說 lima 是五，手也叫做 lima，而原民各族稱法皆同。但是，從一數到十，為何單單 lima／五雷同，其餘九個數字卻是南轅北轍？又，眼睛 mata，也被認為通用各群。但，為何單單是眼睛，五官其餘卻大不同？是因為剛好與身體相連且天天使用

的手與眼睛的關係嗎？這恐怕不易快速給個答案。縱使建議出一個解釋說法，可能也很容易被反駁之。

　　阿美族分布最廣，從屏東恆春經臺東花蓮，一直到遷往西部各城市的都市原住民等，各處皆可見到該族身影，而且一到新地點，很快就可建立新部落。筆者曾建議以「裂解性」之文化特性來解釋阿美族的人口發展情形。阿美族有大部落，例如臺東馬蘭和花蓮光復的馬太鞍與太巴塱，也有極其小型的部落，多數藏於花東各個偏遠小村莊裡，也有就在大部落旁邊，卻也獨立自強，不受大族的吸收。基本上，阿美族住在平原地區，腹地較大，延展性本來就強，所以，部分部落族人可能因為任何因素而遷出，他們開拓新地點，陸續引來親友，很快就建置基本文化人物與事務，也就是頭目、豐年祭以及年齡級組織。有頭目，才有豐年祭，因為頭目需要主持活動，而年齡組織也隨著豐年祭的出現而被集結組成。豐年祭是群體認同歷史文化的象徵，頭目帶領年齡組成員，都是男性，用以保護社區，一個新部落於焉成立。建立新部落遠比一直不捨得放手原生部落，來得實惠有利。在傳統時代，若欲以原出部落為認同對象，勢必要花費大量心力，以期可以實質聯繫往來，但，客觀的情況是，根本做不到，因為路途遙遠，也無實質上之需要。阿美族就在此一背景下，拓展成一個分布範圍廣闊的

籠統性大群體。

　　泰雅族是一神秘的族群。「神秘」一詞，當然帶著主觀，我認為如此，他人可不一定。不過，出自一名學了四種族語的人類學者口中，還是頗耐人尋味。泰雅的神秘，一大部分表現於語言的特質。阿美族人縱使四處擴散，其語言的母音發音始終堅決維持，絕不因遠離變遷而失色，所以，阿美語發音相對上不會太難，畢竟，母音札實，有效帶著發音人發出完整的詞語。至於泰雅，它的語言特色，就是母音紛紛退色或全然失去。因此，一個泰雅字彙在眼前，到底如何唸出，對於母音確實扮演母者角色的阿美族來說，可能是難上加難。泰雅語發音之時，因為母音弱化太厲害，所以，聽者霧茫茫，甚至難以判斷這是南島語。失去母音的字體，唸起來會較短時，因為少了母音的發音時間。短時發音加上母音失去，一句話或整段語言，當很不容易被理解。筆者常常自問，倘若給予阿美和泰雅二個語言同樣的當下學習環境，會不會就因語言特色關係，造成下一代學習泰雅的興趣和信心，較低於甚至遠低於阿美？這需要一個專門研究的釐清，現在先提出就教。

　　問題是，為何泰雅族人講話會丟棄母音？是為了節省說話時間求快？還是有領袖家族講話習慣如此，繼而影響到眾人？還是有一較大部落發音特殊，以至於眾多部落仿效之？或

者，居處之生態環境使然？想來，這些種種都有可能。不過，泰雅是一以個別部落獨立生活為特色的群體，過往時期，各部落間之相互獵首事件並不在少。也就是說，會有一個典範部落成為榜樣，大家紛紛學之的可能性並不高，因為，理論上，彼此都是資源競爭對手或說就是敵人，大可不必習得敵手講話模樣。那麼，又是何因？泰雅族人生活於山區，腹地狹小，部落規模也不大，所以，遇上危險，群體可提供保護之實力不大，因此，快快交代事情走為上策的可能性頗高。據此，講話簡潔，省下母音發音時間，意思可通，即可走往下一步。久之，習慣了，泰雅語的短促高聲，即成了特色。筆者所知花東各族聽聞泰雅語，多會緊縮眉頭，表示很難學習理解。

泰雅很早就被民族學者認為是較為古老的民族，也就是說，他們進駐臺灣山地已經很長時間了，一方面不知道製陶，所以屬於先陶時期，或說傳承的是已知製陶之新石器時代以前的文化傳統，另一方面，該族沒有頭目制度，有點類似演化論學說所提之較為遠古缺乏政治階序組織的小型群隊（band），所謂原初平等社會之型態，再加上該族只知有山，不知有海的祖傳知識，以及族語與多數族群語言的共通處較少等等，凡此，都讓泰雅被認為與多數臺灣南島群體有一定之區別，一為古典群，另一為後進群，其中後者的農耕生活與物質文化多半

較為複雜多元。

　　排灣族分布在南臺灣，從西岸到東岸的淺山緩坡上，都有他們的部落。該族日常生活見到山，也看到海。前面所提之阿美族一般就是臨海而居，卻對山區相對陌生，而泰雅則是百分百山地適應，不知有海。排灣族的貴族制度很有名，居處社會高位階統治者與平民間各有權利義務，後者都認知到必須為前者服勞役以及貢獻資源，貴族家族則負有保護社區責任。排灣族的生活圈觸及到平地，因此，傳統上在東排灣地區就與卑南族關係密切，臺東太麻里往南沿線排灣部落的某些衣服形制，就與卑南族知本社群極為相像，兩邊相互涵化非常明顯。卑南族的會所制度，培養出一群驍勇善戰的年輕軍團，他們在中國帝國統治者的加持下，持續拓展勢力，百年前排灣各群多服從於卑南族的治理。排灣有貴族，自己未能藉此發展出武力，因此，他們對自家族人的統治，有點類似裝扮濃烈或家產萬貫之象徵力量的建置，平民藉此自認弱於貴族，接受了被統治的身分。不過，除此之外，排灣也可說是以語言華麗，來演出的高貴地位。貴族名譜平民不得使用，因此，一喊出名字，就知道貴族來了，必須謙遜退讓。神話傳說中，也多表達出真正貴族受到天神之助，奪回失去之特權的母題。排灣語表達貴氣之時，也有一些特定詞彙，只限貴族使用。它們的存在，阻

卻了平民的上升位階機會。排灣語的長句很有名,也讓人畏懼學習。事實上,長句多是疊詞,同樣字詞多次覆蓋疊上去,就變成了長長一個字。而剛好疊詞長字多出現於傳說故事裡,也就是貴族家世的敘事中,長字和神秘傳說,以及貴族身分,一起共組成一股難以言喻的力量,他們控制全族部落世世代代。

布農居住區位最高海拔,族人一向以玉山為首是瞻,最高峰當然搭配最高部落住民。該族的五或六個群體(若扣掉與鄒族涵化了的蘭群,就是巒、丹、卡、卓、郡等五群),各有主被動遷徙的歷史,語言也因而有所分化,但,彼此仍可知悉各自的話語特色。巒群和丹群被認為是較為古老的群體,在文化變遷快速的當下,往往其他各群需要操作傳統儀式之時,自己內部找不到專家,就往巒或丹群尋求老人家協助。布農族人與深山野林為伍,對於密林內部有著非常豐富的想像,於是,動物與人類關係之故事特別的多樣,尤其是口述大型豹或熊的威猛形象者,更是膾炙人口。布農與泰雅二族都居住山地,後者發展出父子連名制,一般均可上連數代祖先,再以之與其他連名關係者相較,即可知道彼此親疏遠近,並藉此確認可否通婚之身分。至於布農族,則非常強調家族與大小範圍的氏族或亞氏族,從一個人的完整名字,即可知悉他的各層級之家族氏族所屬,繼而也可了解敵友或彼此婚配的可能性。

布農族為何上登到如此高峰區域生活？若說南島族系航海專業，難不成當年布農祖先曾經特地自海邊爬到玉山周遭，然後決定這裡最佳住居地？這果然很難想像。布農語沒有海的字詞，為了當前之需，才自專指七彩湖深潭該字，挪用來翻譯海洋。換句話說，縱使曾自平地登山，那也是極其古老的時光了，老到連海洋一詞都不需要保留了。畢竟，高山生活等於和海洋隔絕，大海已經不具當下生活之意義，很快可以揚棄。泰雅族情況類似，前面已有描述。高山族群建構之世界，一切以山林和其中之澗溪水塘為據，因此之故，山中各類動植物的名稱就相當完整圓滿，從該名庫裡，也可知道族群傳統生業和動物性蛋白質的來源。至於生活於較大河邊與海岸的阿美族，他們關於水中生物以及如何漁獵之的詞彙自然就豐富許多了。

　　各族語言最初級教科書，以及第一次上課，一定是教「你好嗎？我很好！謝謝！」這其實是英文 "How are you? I am fine, thank you!" 的翻版。也就是說，英語系文化如此表意，而我們以西方為本，在制定新式教育措施之際，有許多就是整個搬過來直接翻譯使用，再強制學生唸背考試，於是，所有族語就一起在那邊「你好嗎？我很好」了！基本上，傳統漢人文化世界，並無「你好嗎」的用語，臺語「cia-pa-bue／吃飽沒？」，是本土習慣用法，如今在與「你好嗎」的競爭下，日漸呈現頹

勢，此乃文化變遷，也是文化消亡或文化創造的實例。原住民族部落規模都很有限，二條主街，幾個巷弄，合起來幾十間屋子，方圓百公尺走動，人人都是親戚，根本沒有必要天天相見在那邊「你好嗎」，「我很好」的刻板對話。由於狩獵需求，族人入山者出發前多會進行準備，除了卜骨看鳥蹤或者巫師給予意見之外，自己也會多方查詢山上狀況，畢竟，深山老林裡面，潛藏危險甚多，極有防範之必要。在此一背景下，族人相遇，常常問「去哪裡？」明明一個村落就這麼一點大，為何還問去處？事實上，「去哪裡」，是一種獲知內山安危情形的諮詢口語。族人們山內外來來往往，也都會不吝告知自身經驗所知。所以，「去哪裡」在多數原民部落中，就成了基本的問候語，直到現在縱使狩獵行為已然沒落，許多人仍保持傳統習慣，很直接謙遜地問出「去哪裡」。被問者也不必一定要一五一十地說出一個去處地點，揮個手或開個玩笑都是回答。

現在阿美語都說 nga'ay ho（你好啊！）但，過去是沒這樣說法的。nga'ay 直接翻譯就是「好」的意思，才會被拿來翻譯你好的好。nga'ay 的「好」，和中文的「做好了」、「完成了」的意思相仿，「一件事情結束了」的意思。以其作為問安語詞，的確有點怪怪。傳統上，偶有大事情，真的幫了大忙，受惠者會說 falocoan no mako to（已經烙印在我心底深處了）。

泰雅語 lokah su 就是「你好」。但，lokah 一字擁有多元意思，諸如「加油」、「有元氣」、「持續努力」、「一定健康」、「強力表現」等等均是，它們的原意都比單單一個好字強有力許多。泰雅有一個字 blaq，也是「好」的意思。人們會說 blaq kayal balay soni（今天天氣很好）。但是，這種文謅謅用語，都是現代的創詞，也就是為了合乎延續「你好嗎」的氛圍，就說出不甘痛癢的天氣很好。傳統時代生活挑戰艱鉅，怎可能沒事在那邊文青問安呢？泰雅語揚棄母音，快速講完話，就要上工打獵或園藝種植了，不會停滯於好來好去的人際逢遇時刻。

　　排灣語的 maljimalji 或 djavadjavay 都是問好的意思。但是，通常是剛見面，相互道安，說出這個字，之後，談話之中就再也不會出現該字了。有另外一字 nguaq，也是好的意思，幾乎所有表示完成、結束、不錯、安全、平靜等等意涵者，都可用 nguaq 該字。而這字就此起彼落地出現於一般談話之中。顯然，nguaq 很古老很傳統，是一族人自然用詞。而 maljimalji 或 djavadjavay 則很突兀，很像後天造出來之特定表演式的問好用字。簡單對話的教科書上，一定有這二個字，但，在敘述文化故事或敘事體內容之時候，卻很少有它們的位置，所以，教科書的編撰基本上是一種為了符合大社會語言文化價值或慣習的舉措。始終以教科書為本，所學到者或許可以被認知是排灣語

的一部分，但，它似距離該族文化的理解，仍有大段路途。

　　布農族的 mikumisang 是一般所稱下位對上位者的問好語詞，而上位對下位則使用 unilang。常見在公開場合，就兩個字同時說，以期使各層人士都涵蓋於內。事實上，這兩個字各有原本意思，它們和問好答謝關係不大，只是為配合今天社會大情境，才選出來直接對譯中文的「你好」、「謝謝」。布農語的 masihal 才是傳統用語「好」的意思。但，這個「好」，與排灣的 naquaq 類似，就是指事務的完全或事情的達標。現在教科書上問好也稱 masihal，但，族人聽聞，其實會不悅，因為問「你好嗎」的本意好像是說，你可能不好，帶有詛咒用意。總之，單單最初級的語言教學，不管是哪一族，都是強拉一個字詞來尷尬問安，事實上，它與文化傳統無涉，從而只是以族語來見證現代國家和主流語言文化的霸性罷了。

　　原民語言有幾個字詞總被認為是通用者，尤其是親屬稱謂的主要幾個如父母或祖父母。父親稱 mama、tama、kama、ama 等等，母親稱 ina、tina、kina 等，祖父母稱 vuvu、mumu 等。不過，總是有例外。譬如，阿美族的 faki 和 fayi 就分別可以稱呼伯叔、祖父和姨嬸、祖母。現在受了大社會影響，只好拿福佬臺語的 akong 與 ama 來稱祖父母，以期與 faki 與 fayi 的叔嬸有別。又例如泰雅族的稱法有別於眾，父親是 yaba，

母親是 yaya，祖父是 yutas，祖母為 yaki。至於阿美族的父親 mama，則是泰雅的叔伯。通常人們會直接敬稱比自己年長者 mama，而對阿美族的年紀稍大者則會稱呼 mama 或 kaka 兄長。vuvu 大概是最普遍聽到的祖父母稱謂，一般影視媒體的原民節目，vuvu 此起彼落，連對原民認識有限的人，也是開口親近呼喚此一稱名。它有如成了敲門密碼，縱使對其他族語字詞知識，根本一竅不通。有泰雅為傳統族群居住地點的政府單位文康活動辦理取名「聽 vuvu 的歌」之類者，海報就是老老男女代表高輩長者圖像。只是，活動經手人應該不知道泰雅族語的 vuvu 是指女性乳房之意思，而不是排灣族語的祖母。看到此事宣傳之際，筆者甚為擔心泰雅族人見著活動不知會否抗議。但，後來一切順暢進行，不會有事。思索緣由，難道是筆者的外人身分想太多？還是 vuvu 真的是原民通關密語，包括泰雅族在內，人人知悉？最後的答案是，筆者認為，族語沒人關心，年輕泰雅族人看聞 vuvu，也想不到自己文化內涵的事物，反而直接以南部族群的溫馨祖母來理解。真正的理由，應該就是族語詞彙的陌生於世，就算知道泰雅語的乳房意思，也沒能太多感覺了。

　　源自於南部的球隊，其帥氣的制服前面，寫著大大 Takao 字樣，代表來自高雄。以古典地名「打狗」作為標誌，展現歷

史意識，必定深感驕傲。那麼，Takao 到底何意，來自何處？這是一個老問題，百年來，一定多人詢問。這就和北部的凱達格蘭一稱一樣，指涉族群名稱，也必有不少查詢其意涵者。諸如此等古老稱名，地方誌書或當代說明摺頁，多數就說那是地理山川水澤美景等等的意思。但是，真會如此？地名取用多屬直接明白標的，如臺東安通 angcoh，熱泉臭味之意，花蓮馬太鞍 fata'an 樹豆的地方，以及桃園大溪 cyama，福佬臺語「吃飽」的諧音等等，而不會是抽象性或當下文青般的模糊美感。takao 阿美族語是「盜竊者」的意思。阿美語和南部在地西拉雅族語很接近，若以前面各例的情況來進行了解，還比較可能趨近於漢人以「打狗」一稱翻譯 takao 的原初意思。當然「盜竊者」一詞大家都不喜歡，但開發史早期環境險惡，出現具有此意一稱，亦不足為奇。

另外，史書中有出現原住民有名的「達戈」紋番布說法。但，達戈布是什麼，迄今仍未有肯定說法。筆者以凱達格蘭 ka-takel-an 以及 takao 二字觀之，其 takel 和 takao 二字都音近達戈一詞，因此，可能就是指產出達戈布之處，ka-takel-an 的 an，不少臺灣南島語言裡，剛好就是指某某地點之意。語言學的說法即是處所焦點。更何況語言學公認阿美語→西拉雅語（南臺灣平埔族主要語言）→凱達格蘭語→巴賽語（Basay 北

臺灣平埔族語）→噶瑪蘭語等，係屬同一語言範圍。最後，「臺灣」一詞的來源，學校教科書和科普歷史書中早有說明，那是平埔原民的地名「大窩灣」音轉。基本上沒錯，只是不夠完整。原住民族稱呼「人」，幾乎都用同一個字，也就是說 tao（達悟）、thao（邵）、cuo（鄒）、cawcaw（排灣）、'tayal（泰雅）等諸字，均為同源。「大窩灣」事實上也來自 tao-an 的音譯，亦即「人所住的地方」，此處 an 又一次是處所焦點的使用。筆者在本書的立場，就是處處提出挑戰，而不是給讀者找唯一或終極答案，且讓我們一起挖掘並討論歷史文化課題。

許多學習族語的人，常常抱怨顏色的唸法很難，永遠記不起來。學習阿美語之時，老師教了黑 kohetingay、紅 kahengangay、白 fohecalay，「族語 E 樂園」裡的教材，基本上也是這三色。筆者曾發問，其他色澤呢？老師想了一下，想回答，又退回二次思索，接著才說，沒有其他的了。當時，真是一愣，難以置信。後來，陸續學泰雅、排灣以及布農等語言，也發現還是這三色，泰雅是 mqalax, mtalux, mplequy，排灣是 qecengecengel、qudjidjilj、vuteqiteqilj，布農是 mataqdung、madangqas、maduqlas。此時想到，或許是教本只教這幾個基本顏色，其他的進階版才有。但，等到觸及所謂進階版之後，才認知道為何阿美語 CYM 老師會說只有三

色的了。

　　黑紅白三色之外，其餘有顏色之族語名詞，幾乎全部是以現實世界已經具備的品項，拿來定義該色澤，例如，泰雅語黃色 mhebun，原意是苧麻土黃色，因為沒有黃色詞彙，才以此最接近者當作黃顏色新名詞。其實，漢語世界也差不多，灰色稱老鼠色，綠色為草色，藍色就是天空色等等，唯獨黑紅白三色，不是拿他物名稱來界定顏色。黑紅白應該是來自於天象變化的靈感，紅色出現於日出和日落，白色就代表白天，黑色則是夜晚的象徵。好像多數人類群體都以此來確認黑紅白三色，畢竟那是各個群體生存所在之大背景的總樣態。

　　南島語的學習，可以換來大量如前所述之心得想法或論點，自覺收穫飽滿，而且這種附帶果實，會在持續唸讀族語過程中，不斷地湧進腦海裡，擋也擋不住。這是多年前決定學習族語之時候，未曾想及的事。當時一味只想看看可否進一步了解泰語系曾被認為與南島語族關係密切的學術理論。等到親身體驗了，才發現到比那嚴肅探討課題更有趣之重識族人生活點滴的族語種種，才是其深具魅力之所在。泰語系與南島語族一事，姑且繼續留在論文辯論場域之上，我們還有更被吸引的族語話題，需要超前好說好談。

起自族語盤旋而上

　　本書的四大主題,包括:學習四個族語的語言心情、試著分析些許語言與文化、民族學角度看待族人自我學術的族語力道,以及人類學者持續不斷地開展族語學習想像等。「族語人類學」和「族語民族學」是筆者的創用。前者指的是在擬欲揭密文化為何如此安排的探索前提下,從族語的角度出發,來摸索特定族群文化可能的內在意涵,也涉及人類身處生存競爭環境中的生活觀察。「族語人類學」往往直接想像,而或尚未有十足實證資料,因此,其中有著難以捉摸的想像力,也有不少自認合於邏輯的個人思考範疇。它的有趣之處,正是在於各個不必要太過嚴肅看待的詮釋觀點,有時是一個小猜謎,而偶爾也見著系統性理論的雛型。至於「族語民族學」,或可直接定義為以充沛族語字詞句篇構成的論述,來框架自我民族面貌的一種文體。這在近十數年來的臺灣,隱隱有如一個族群內部社會運動,緩緩喚起更多參與者。對於族語與文化關係感興趣者來說,這是一塊新興寶庫,深度族語的知識,即在裡頭潛藏或彰顯。「族語人類學」和「族語民族學」,就筆者一名族語初學者而言,都是額外的喜獲智慧財產,珍惜到不行。

不過，興起「族語人類學」與「族語民族學」概念的基石，仍是規規矩矩地學了四種族語。想起 2018 年夏日下決心要把臺大未來開授的原住民族族語，不論多少族，都要完整聽課學習的志氣，不禁莞爾，也頗自豪。將近七年了，這 2500 個日子裡，時刻與族語為伍，遇到人，每每欲言又止。為何？碰到族人，急著表現，卻一時語塞，感慨自己整年白學了。見到非族人，這時突然很順口了，當然是因沒有眼前壓力的關係，但，講得再流利，對方也是迷惘。然後一句「反正你講錯也沒人知道啦」，又次感嘆自己學了也是白學。於是，左右失據的情況下，最佳應對模式當是自我內心世界必須強大牢固，讀了族語，感到舒暢愉悅即可。沒有聽眾或者製造不了與談人，也是無妨。當然，作為人類學者的本性，加上接觸原民社會文化知識也有半世紀之久，有了族語在身，若沒有出現想太多的情況，那才真的說不過去呢！「族語人類學」和「族語民族學」的躍現，就正說明了此一想太多的事實。筆者不讓本書枯燥，也不想失去作者的一向風格，於是就想很多地與和自己一輩子為伍的人類學和民族學，玩了一回書場較量，至少留下一份自討趣味的紀錄。

當然，「族語人類學」的部分，必引來部分學界同好的疑問指教，因為多處還未見飽滿證據，而證據未現，就先來觀點

或結論,學圈容有部分先進飽學者或不表認可。這點筆者尊重,畢竟這並非正軌學術報告,只是尋求一個半學術風味而已。至於「族語民族學」,則尚待努力於此的各族寫手予以認證。「族語民族學」不是民族學的「民族學」。也就是正式民族學者有其學科界定,其中不會涵蓋本書的「族語民族學」範疇,這點筆者清楚,也力求不與其混淆,彼此堅守一邊。只是,筆者儘可能以族人作者立場出發,設法圈圍出他們專屬的那一大塊。雖然「族語民族學」的產品書冊全係以大社會以及主流學術模式出版,但,族群自有自創自屬的文字區塊,尤其是族語書寫比重愈來愈逼近中文份量的此刻,更應多加凸顯此一筆者所稱族內文字社會運動的存在事實。

過去學院研究報告也有呈現出部分族語,尤其是被認定為是詮釋文化時的關鍵字詞。只是該等詞語多是單一或者說寂靜地被大量中文文字包圍指點,它或它們多是被訪問出來的特定單字,而不是生活裡聽到的自然話語,所以,難逃刻板單調的味道。尤其,數十年後的今日,也罕見有人呼籲校正回歸那些古典書籍論文裡的族語字詞,部落裡家族成員曾被訪談過的族人,不少人業已發現學術報告內的族語字詞錯誤之處,他們客氣說可能老人家發音不準所致,惟接續談話裡,仍多次表示還是我族來寫我族才是正途,間接表達了外人難以掌握族語精

髓的意思。本書的「族語人類學」沒有與過往學院對話的規劃，反而「族語民族學」至少有著以國家認可之正確族語，大量覆蓋文章之姿，來校正學院闕如的歷史過往。當然，倘若非族人研究者仍舊不感興趣學習族語，那這些數量頻率比重龐大的「族語民族學」知識，能造成多少教學效果，也難預知。不過，臺灣原民泛學術領域出現越來越顯性之「族語民族學」成績，當不能被忽略。它是臺灣特有，又是可供世界原民參考的另一社會運動自點燃火焰及至蓬勃發展的典範。

「起自族語盤旋而上」的意思，就是族語不只是族語，它更是母語。我們學習族語，下一步就必須以族人母語的立場來思索它更深層的價值。因此，學習者應將之反覆旋繞於心，不會僅僅滿足於可以口說幾句，而是要向上突破，讓一個交談技術，轉而成就一整組知識，甚而體會到族群生命史的內在心情。「族語民族學」所見之族語復振社會運動，是否是在調整前舉我族我語唯一的超微迷妳「南島表現」或「南島模式」或稱「迷妳型民族主義」，使其更能擴大胸懷，還是反而促動其更往內縮，目前尚無定論。至少堅持「病房論」的「口語派」與持續現身考場的「認證派」間，彼此交集的闕如依然嚴峻，識者憂心。不過，「族語人類學」或可為調劑作用，它引人進入文化，先掌握這一步，至少可謂族語的進階欣賞。我們倡議

盤旋向上,而不是直接朝上,就是緩緩圓轉思索的意思。學族語,大家一起來,就可以慢慢水到渠成。

引用書目

卜袞・伊斯瑪哈單・伊斯立端
2021 《山棕　月影　太陽迴旋——卜袞玉山的回音》。臺北：魚籃。

尤淑華（Uljiyan Lalaungan）、連芷若（Mani Palaudran）、陳力邦
2023　〈南河村出生禮俗的文化意義〉。收錄於《探究排灣學——知識體系的建構與連結》。Tjuku Ruljigaljig 李馨慈編，頁 341-374。屏東：國立屏東大學。

尤巴斯・瓦旦　Yupas Watan
2022 《魂魄 YUHUM》。臺北：玉山社。

包惠玲
2018[2017]〈當代東排灣族 pulingau（巫師）社群內部中的實踐角色——從 patjaljinuk 頭目家談起〉。收錄於《刻劃排灣學——文化的持續與變遷》。Tjuku Ruljigaljig 編，頁 131-175。新北市：耶魯國際。
2020　〈華麗再現：當代東排灣族 pulingau（巫師）社群外部中的儀式實踐〉。收錄於《深耕排灣學——空間的呢喃》。Tjuku Ruljigaljig 李馨慈編，頁 55-97。屏東：國立屏東大學。

余明旂
2018[2017]〈書寫大麻里祭司 Vuvu Gaitjang 的生命史記〉。收錄於《刻劃排灣學——文化的持續與變遷》。Tjuku Ruljigaljig 編，頁 177-226。新北市：耶魯國際。

汪秋一 Tekong Sera 與馬玲華 Panay Tokong
2021　〈Lifok 'Oteng 黃貴潮生命中的 ina Dongi〉。收錄於《文化・歷史・傳承——一段走過的記憶與實踐》。高淑娟編，頁 19-44。臺東：臺

東縣阿美族學學會。

李亦園等

1962 《馬太鞍阿美族的物質文化》。臺北：中央研究院民族學研究所。

吳靜蘭

2018 《阿美語語法概論》。新北市：原住民族委員會。

林曉娟 pauni kavulungan

2023 〈情柴，在望嘉部落的重要性〉。收錄於《探究排灣學——知識體系的建構與連結》。Tjuku Ruljigaljig 李馨慈編，頁 313-340。屏東：國立屏東大學。

林難生（Paljadrek Mulaneng）

2018[2017]〈Supaw 部落與其傳統歌謠 Paljegljeg〉。收錄於《刻劃排灣學——文化的持續與變遷》。Tjuku Ruljigaljig 編，頁 73-129。新北市：耶魯國際。

高淑娟（Panay）

2019〈前言〉。收錄於《Misafalo 播種・萌芽——阿美族文化的傳與承》。高淑娟與蔣美玲編，頁 3-4。新北市：耶魯國際。

高淑娟編

2021《文化・歷史・傳承——一段走過的記憶與實踐》。臺東：臺東縣阿美族學學會。

高淑娟與蔣美玲編

2019 《Misafalo 播種・萌芽——阿美族文化的傳與承》。新北市：耶魯國際。

高淑娟與 Sawmah 陽昇宏編

2023 《走在田野路上的對話與實踐 Masasowal, Mipalolol a midemak to Taneng

no To'as i Lalan no PalapalaanPanay》。臺東：臺東縣阿美族學學會。

黃天來 ci To'as Nikar Fasay

2023 〈從阿美族傳統歌謠的歌詞看到一美族傳統社會與其語言之美〉。收錄於《走在田野路上的對話與實踐 Masasowal, Mipalolol a midemak to Taneng no To'as i Lalan no PalapalaanPanay》。高淑娟與 Sawmah 陽昇宏編，頁 237-265。臺東：臺東縣阿美族學學會。

黃東秋 Akiyo Pahalaan

2021 〈O Focacing to Sapitilid to Sowal no Amis 阿美族語言拼音文字的巧與美〉。收錄於《文化‧歷史‧傳承——一段走過的記憶與實踐》。高淑娟編，頁 273-331。臺東：臺東縣阿美族學學會。

海樹兒‧犮刺拉菲

2006 《布農族——部落起源及部落遷移史》。臺北：行政院原住民族委員會／南投：國史館臺灣文獻館。

陽昇宏 Sawmah Alukuy Pacidal

2021 〈傳統會所土地變相正義歸還與探討——以馬蘭部落馬蘭會館為例〉。收錄於《文化‧歷史‧傳承——一段走過的記憶與實踐》。高淑娟編，頁 117-232。臺東：臺東縣阿美族學學會。

蔡中涵

2021 〈從文化的脈絡中找回自己〉。收錄於《文化‧歷史‧傳承——一段走過的記憶與實踐》。高淑娟編，頁 7-9。臺東：臺東縣阿美族學學會。

鄭秋梅、卓文慧、李美莉、林佑洵編著

2023 《阿美族語對「採集／捕撈知識」的分類與詮釋》。桃園：桃園市原住民族部落大學。

劉雪鳳 Qadeves ridiv caljas tjainavalj

2023 〈Tjinalja'avusan 來義系統的靈媒文化及其變遷初探〉。收錄於《探究排灣學——知識體系的建構與連結》。Tjuku Ruljigaljig 李馨慈編，頁 375-398。屏東：國立屏東大學。

謝世忠

2017 《後認同的污名的喜淚時代——臺灣原住民前後臺三十年 1987-2017》。臺北：玉山社。

Akiyo 黃東秋

2023 〈阿美族歌謠的價值與活力——原來如此，凡走過必留痕跡，多向溝通〉。收錄於《走在田野路上的對話與實踐 Masasowal, Mipalolol a midemak to Taneng no To'as i Lalan no PalapalaanPanay》。高淑娟與 Sawmah 陽昇宏編，頁 453-484。臺東：臺東縣阿美族學學會。

Apuy Putal 阿布伊・布達兒

2023 〈馬蘭阿美族 macacadaay 歌謠所構築・音樂聲景——穿梭在酒祈禱靈與身體感之間的旋律〉。收錄於《走在田野路上的對話與實踐 Masasowal, Mipalolol a midemak to Taneng no To'as i Lalan no PalapalaanPanay》。高淑娟與 Sawmah 陽昇宏編，頁 267-330。臺東：臺東縣阿美族學學會。

Hitay Payan 黑帶巴彥（曾作振）

2022 《泰雅文化新編》。竹北：新竹縣政府文化局。

Panay 高淑娟

2021 〈文化核心 芬芳美麗 各顯其中〉。收錄於《文化・歷史・傳承——一段走過的記憶與實踐》。高淑娟編，頁 15-16。臺東：臺東縣阿美族學學會。

2023a 〈O kasasowal ato karomakat i lalan no palapalaan 在田野路上對話與前行〉。收錄於《走在田野路上的對話與實踐 Masasowal, Mipalolol a midemak to

Taneng no To'as i Lalan no PalapalaanPanay》。高淑娟與 Sawmah 陽昇宏編，頁 16-21。臺東：臺東縣阿美族學學會。
2023b 〈文化藝術之實踐——以杵音文化藝術團為例〉。收錄於《走在田野路上的對話與實踐 Masasowal, Mipalolol a midemak to Taneng no To'as i Lalan no PalapalaanPanay》。高淑娟與 Sawmah 陽昇宏編，頁 485-527。臺東：臺東縣阿美族學學會。

Safulo 蔡中涵

2023 〈O harateng no finacadan ko sapipacefaday 用民族的觀點詮釋歷史和文化〉。收錄於《走在田野路上的對話與實踐 Masasowal, Mipalolol a midemak to Taneng no To'as i Lalan no PalapalaanPanay》。高淑娟與 Sawmah 陽昇宏編，頁 6-12。臺東：臺東縣阿美族學學會。

Safulo A. Cikatopay（蔡中涵）

2019 〈序—— Misafalo 播種孕育〉。收錄於《Misafalo 播種・萌芽——阿美族文化的傳與承》。高淑娟與蔣美玲編，頁 5-6。新北市：耶魯國際。
2021 〈台東市阿美族年齡階級的功能與意義〉。收錄於《文化・歷史・傳承——一段走過的記憶與實踐》。高淑娟編，頁 45-116。臺東：臺東縣阿美族學學會。

Sawmah 陽昇宏

2023a Kasakapot ato 'inlong, Fadihang no lalosidan no ponka 階層責任、文化資產的迴響。收錄於《走在田野路上的對話與實踐 Masasowal, Mipalolol a midemak to Taneng no To'as i Lalan no PalapalaanPanay》。高淑娟與 Sawmah 陽昇宏編，頁 4-5。臺東：臺東縣阿美族學學會。
2023b 〈臺東市阿美族社群 Itukalay 的 La Kulanto 體育場公園隊 Misakapotay 的實踐與省思〉。收錄於《走在田野路上的對話與實踐 Masasowal, Mipalolol a midemak to Taneng no To'as i Lalan no PalapalaanPanay》。高淑娟與 Sawmah 陽昇宏編，頁 23-140。臺東：臺東縣阿美族學學會。

Sawtoy Saytay 少多宜・篩代

2019 〈Radiw-karengawan no sowal 歌謠即歷史〉。收錄於《Misafalo 播種・萌芽——阿美族文化的傳與承》。高淑娟與蔣美玲編，頁 71-97。新北市：耶魯國際。

2023 〈Sapa'icel a sowal 勉勵的話〉。收錄於《走在田野路上的對話與實踐 Masasowal, Mipalolol a midemak to Taneng no To'as i Lalan no PalapalaanPanay》。高淑娟與 Sawmah 陽昇宏編，頁 13-15。臺東：臺東縣阿美族學學會。

Taruh Payu 陳曦

2023 Natawran 部落公共祭儀的變遷：回望古野清人筆下的祭儀生活與當代實踐的比較。收錄於《走在田野路上的對話與實踐 Masasowal, Mipalolol a midemak to Taneng no To'as i Lalan no PalapalaanPanay》。高淑娟與 Sawmah 陽昇宏編，頁 141-165。臺東：臺東縣阿美族學學會。

Tiang Istasipal 余榮德

2018 《HUHUL 山洞》。卓溪：一串小米。

Tjuku Ruljigaljig 編

2018[2017]《刻劃排灣學——文化的持續與變遷》。新北市：耶魯國際。
2020 《深耕排灣學——空間的呢喃》。屏東：國立屏東大學。
2023 《探究排灣學——知識體系的建構與連結》。屏東：國立屏東大學。

Tokong Sera（汪秋一）

2019a 〈序　穩定中求發展與進步〉。收錄於《Misafalo 播種・萌芽——阿美族文化的傳與承》。高淑娟與蔣美玲編，頁 5-6。新北市：耶魯國際。

2019b 〈Mipaloma 播種：阿美族文學發展與族語文學作品賞析——以「讓族語重生」之作品為例〉。收錄於《Misafalo 播種・萌芽——阿美族文化的傳與承》。高淑娟與蔣美玲編，頁 143-189。新北市：耶魯國際。

2021 〈Misafalo ato mirocok 播種與傳承〉。收錄於《文化・歷史・傳承——一段走過的記憶與實踐》。高淑娟編，頁 11-13。臺東：臺東縣

阿美族學學會。

Tokong Sra 汪秋一與 Panay Tokong 馬玲華

2023a Lifok Dongi 黃貴潮阿美族口傳文學集之初探。收錄於《走在田野路上的對話與實踐 Masasowal, Mipalolol a midemak to Taneng no To'as i Lalan no PalapalaanPanay》。高淑娟與 Sawmah 陽昇宏編，頁 209-236。臺東：臺東縣阿美族學學會。

2023b 〈阿美族族語兒童文學之評述〉。收錄於《走在田野路上的對話與實踐 Masasowal, Mipalolol a midemak to Taneng no To'as i Lalan no PalapalaanPanay》。高淑娟與 Sawmah 陽昇宏編，頁 331-372。臺東：臺東縣阿美族學學會。

社會科學類　PF0368　Viewpoint 70

我學了四種族語
──「族語人類學」與「族語民族學」發凡

作　　者 / 謝世忠
責任編輯 / 鄭伊庭
圖文排版 / 陳彥妏
封面設計 / 王嵩賀

發 行 人 / 宋政坤
法律顧問 / 毛國樑　律師
出版發行 / 秀威資訊科技股份有限公司
　　　　　114台北市內湖區瑞光路76巷65號1樓
　　　　　電話：+886-2-2796-3638　傳真：+886-2-2796-1377
　　　　　http://www.showwe.com.tw
劃撥帳號 / 19563868　戶名：秀威資訊科技股份有限公司
　　　　　讀者服務信箱：service@showwe.com.tw
展售門市 / 國家書店（松江門市）
　　　　　104台北市中山區松江路209號1樓
　　　　　電話：+886-2-2518-0207　傳真：+886-2-2518-0778
網路訂購 / 秀威網路書店：https://store.showwe.tw
　　　　　國家網路書店：https://www.govbooks.com.tw

2025年6月　BOD一版
定價：390元
版權所有　翻印必究
本書如有缺頁、破損或裝訂錯誤，請寄回更換

Copyright©2025 by Showwe Information Co., Ltd.
Printed in Taiwan
All Rights Reserved

讀者回函卡

國家圖書館出版品預行編目

我學了四種族語:「族語人類學」與「族語民族學」發凡/謝世忠著. -- 一版. -- 臺北市:秀威資訊科技股份有限公司, 2025.06
　　面;　　公分. -- (社會科學類 ; PF0368)
BOD版
ISBN 978-626-7511-89-3(平裝)

1.CST: 臺灣原住民族語言　2.CST: 語言人類學
3.CST: 民族學

803.99　　　　　　　　　　　　　　　114005413